Mayk D. Opiolla

Momentaufnahmen 4

Neue Betrachtungen von der Insel

Buch:

Mit Band 4 der Reihe „Momentaufnahmen" legt Mayk D. Opiolla erneut eine Liebeserklärung an seine Wahlheimat Langeoog vor. 32 neue Geschichten bieten einen bildgewaltigen Reigen an Naturbetrachtungen und feingeistigen Reflektionen über das Leben — Immer getragen von einer Melodie sinnlich-melancholischer Heiterkeit.

Das Themenspektrum ist groß: Während langer Streifzüge durch die Inselnatur gibt sich der Ich-Erzähler in gewohnter Manier Tagträumen, Erinnerungen und Gedankenspielen hin. Überlegungen zu politischen und gesellschaftlichen Themen reihen sich dabei an lakonisch aufbereitete Beziehungsdesaster oder die subtile Beschreibung romantisch-zarter Bande; das Suchen und Finden von Gott ist ebenso Thema wie die Vermüllung der Meere, der Status der Bundeswehr oder die Frisur von Donald Trump. Und was hat eigentlich die ostfriesische Teezeremonie mit einem Priestergewand zu tun, was ein Brauhaus zu Jever mit Emanzipation? Mayk D. Opiolla schlägt auch dort Brücken, wo es auf den ersten Blick keinen Kontext zu geben scheint. Wir erfahren von männlicher Midlife-Crisis, von Depression, Winterstürmen, Verrat und Entfremdung, aber auch von Freundschaft, Vergebung, Geborgenheit und dem Wunder des Neuanfangs.

Bibliografische Information der Deutschen Nationalbibliothek:
Die Deutsche Nationalbibliothek verzeichnet diese Publikation in der Deutschen Nationalbibliografie; detaillierte bibliografische Daten sind im Internet über www.dnb.de abrufbar.

Impressum
Mayk D. Opiolla:
Momentaufnahmen 4 — Neue Betrachtungen von der Insel
©2017 Mayk D. Opiolla, Langeoog
Herstellung und Verlag:
BoD – Books on Demand, Norderstedt

ISBN 978-3-7431-9561-5

*Für meine Eltern
und Dich*

Inhalt

Leben	7
Aufgeben	14
Natur	17
Lütt un groot	20
Ratz	24
Träume	28
Heile Welt	33
Hier und Jetzt	40
Neujahr	46
Decrescendo	50
Beseelt	57
Wanderer	64
Schatten	69
Plan B	73
Ansprüche	80
Freigelegt	84
Jever	91
Müll	97
Uhl und Nachtigall	105
Pleite	111
Sonnenschein	116
Sicher	122
Fernweh	129
Teetied	134
Norderney	140
Sommerwolken	149
Wege	152
Vielleicht	159
Krone	164
Währung	169
Atmen	172
Reise	175

Leben

Ich treffe den alten Nachbarn vor der katholischen Kirche.
„Ach, min Jung, du bist das", sagt er, er hat mich nicht gleich erkannt. „Was machst du denn hier?", fragt er, während er meine Hand auf großväterliche Weise in seine beiden nimmt und mich gutmütig anlächelt. Ich bin froh, dass kein pseudowitziger Spruch kommt von wegen „Sünden beichten" oder sowas, denn darauf hätte ich heute keinen Nerv.
Also erzähle ich ihm, dass ich für einen kranken Freund Kerzen angezündet und mir außerdem die Aushänge angesehen habe. Ein Orgelkonzert wird gegeben, da möchte ich gern hin. „Ich mag die Kirche", sagt der Nachbar, und ich pflichte ihm bei; die katholische Kirche auf Langeoog ist zumindest von innen wirklich sehr schön — über das Äußere mag man streiten.
„Weißt du", fährt er fort, und ich sehe die Erinnerung in seinen wasserblauen Augen aufziehen, „ich bin gar nicht katholisch, ich gehöre gar keiner Religion an. Aber mir hat einmal jemand in dieser Kirche gesagt: Wir heißen Sie hier nicht als Protestant oder Katholik willkommen, sondern als Mensch. Das hat mir gefallen. Und dann bin ich auch wieder hingegangen."
„Mit mir ist das auch so", berichte ich, „es gibt ja immer sone und solche in der Kirche. Ich hab's dir noch nicht erzählt, sage ich, aber ich habe evangelische Theologen in der Ver-

wandtschaft. Für die existiere ich nicht. Weil ich so bin, wie ich bin. Und dann kenne ich andere Geistliche, katholisch sogar, die mir sagen, dass Gott mich sehr wohl lieb hat, und zwar nicht obwohl, sondern weil ich bin, wie ich bin. ‚Mit manchen Menschen hat Gott eben ganz besondere Pläne', hat mir ein lieber Pater in diesem Kontext gesagt, und ich mag ihn nicht nur aus Eitelkeit dafür."

Das versteht auch der Nachbar.

„Aber sag, Söhnchen", fragt er, und ich nehme mit einem Anflug von Rührung wahr, dass er mich tatsächlich „Söhnchen" nennt — „dein Freund: Ist er denn sehr krank? Wird er sterben?" Ich schlucke. „Nein", sage ich. „Es ist eher so: Er stirbt von innen. Depression, weißt du. Ich kenne das selbst." Ich senke den Blick und er versteht auch das. „Ja, das ist wohl die Zeit", sagt er teilnahmsvoll, „wer hält das schon aus. Und ihr jungen Leute, ich dachte, ihr hättet es besser."

Nachdenklich schiebt er seine blaue Seemannsmütze zurück und streicht sich eine Träne aus dem Bart, die der kühle Novemberwind aus seinen Augen getrieben hat. Die Heckenrosen um uns blühen immer noch; surreal sieht das aus, das leuchtende Pink in all dem goldgelben Laub: Die warmen Tage des Spätsommers haben die Natur durcheinandergebracht.

„Dabei haben wir es doch eigentlich gut, sagt er, deine Generation, sogar meine noch, was haben unsere Eltern und Großeltern mitgemacht, die ganze Scheiße mit den Nazis, und der Hunger und das alles.

Wir haben zu essen und es steht zumindest noch kein neuer Krieg vor der Tür, aber ich weiß nicht, wo das gerade alles hinführt mit diesem, wie heißt der, Trump, und dieser ganze Wahlkampf, das ist so würdelos, und dann hier diese Typen, die AfD, das hatten wir doch alles schonmal, also, ich brauch das nicht mehr. Und dann Putin, der will doch auch wieder die Weltherrschaft."

Er redet sich in Rage und ich muss ein bisschen schmunzeln, denn ich kenne ihn ja schon.

Ich sehe den Nachbarn oft über seine Hecke lugen, wenn ich zur Arbeit fahre, dann winkt er und grüßt, und manchmal kommt er auch ins Büro zum Klönschnack; an seinem beeindruckend vollen weißen Haarschopf schon von Weitem zu erkennen.

„Ach, ich sabbel schon wieder zu viel", lacht er, „meine Frau sagt das auch immer: ‚Du sabbelst zu viel'."

„Nein", beruhige ich ihn, „das ist schon gut. Ich mag Menschen mit Geschichten, und du hast ja auch viel erlebt. Gerade von Menschen deiner Generation möchte ich noch viel hören, denn was bleibt uns denn, wenn die letzten Zeitzeugen tot sind? Nur noch Idioten, die ‚Geschichtsverfälschung' und ‚Lügenpresse' brüllen, weil eben keiner mehr sagen kann, wie es wirklich war!" — Jetzt ist es an mir, mich aufzuregen.

„Und man weiß ja auch nie, wie lange man noch bleibt."

„Ja", sagt er, „ich denke auch oft daran. Es ist halt so, ich bin auch bald dran. Und mir braucht keiner sagen, dass er keine Angst hat vor dem Sterben. Natürlich hab ich Angst. Man weiß ja nicht, wo man hinkommt, nech. Das Wie ist mir noch egal, aber was ist denn danach? Das weiß ich doch nicht. Und die Geistlichen, ja, die erzählen viel, aber letztlich weiß es von denen ja auch keiner wirklich."

Ich starre den Mann begeistert an und bin einmal mehr gottfroh, dass es Menschen gibt, mit denen man nicht über irgendwelchen langweiligen Scheißdreck smalltalken muss: Das Leben schreibt bessere Geschichten.

„Wobei, das rein Körperliche ängstigt mich am Sterben nicht", fährt der Mann fort. „Ich hab so viele Tote gesehen, das zähle ich nicht mehr. Wobei den ersten, den vergisst man doch nicht. Damals, als ich zur See fuhr, hat ein plötzlich hochschnellendes Stahltau einen Kameraden enthauptet, ich hab ihn gesehen, der lief noch einen Schritt, und dann war da das ganze Blut, und ich hab erst gar nicht kapiert, was los ist. Ganz jung war ich da, 14 oder 15, wir fuhren irgendwo vor Ceylon, Sri Lanka heißt das ja jetzt."

Terror liegt in der Stimme des Mannes. Ich kenne einige Mythomaniker, aber ich spüre, die Geschichte ist wahr, und ich wünschte, sie wäre es nicht. „Ja, so war das", sagt er, „es kam mir damals ewig vor, wie lange der da noch stand, aber wahrscheinlich war es in Wirklichkeit nur sehr kurz. Wir mussten ihn dann einsammeln und saubermachen und alles, und dann kam er ins Wasser, Tschüss. Auf See hat man ja keine Zeit für große Sentimentalitäten, aber schlimm war das schon."

Uns passiert eine Spaziergängerin mit ihrem Terrier.

„Wie lange fuhrst du zur See?", frage ich, um ihn aus der Erinnerung zu hieven.

„Acht Jahre", sagt er, „aber das hat auch gereicht". Wir lachen. Es ist erlösend.

„Und hier", sagt er, „du kennst das ja alles nicht mehr, hier wurden ja ständig welche angespült früher, und wir Insulaner gingen dann alle zum Strand mit einem Sarg, das war völlig klar, dass alle Männer mit anpackten. Jeder machte das, das war gar keine Frage. Und irgendwann gewöhnt man sich dran. Meine Eltern, die liegen auch hier oben auf dem Dünenfriedhof, mit dem Handkarren wurden die noch hingebracht, damals gab es das ja noch nicht mit den vielen Kutschen wie heute, und die Leute waren nicht zimperlich beim Bestatten. Ich hab das auch oft gemacht, und natürlich fiel unterwegs mal einer raus, aber dann kam der halt wieder rein, und Deckel drauf und gut."

Ich muss lachen, auch wenn es makaber ist.

„Na, unter die Erde kriegt man sie ja letztlich immer irgendwie", sage ich, „nur die ganzen verwahrlosten Gräber, die deprimieren mich: Man sieht es ja oft, das sich keiner mehr kümmert."

Bei diesem Gedanken werde ich wieder ernst.

Auch hier stimmt mir der Nachbar zu. „Ja", sagt er, „ich kenne die auch, diese Gräber, oft genug ist Familie da, und Geld haben sie auch, aber es kümmert sich trotzdem keiner. Ich hab auch schon zu meiner Frau gesagt, wir kommen ins Wasser, das ist doch am Besten so. Und dann sind wir im Wasser und lassen uns treiben mit dem Golfstrom, und ich bin nochmal überall da, wo ich mit dem Schiff gefahren bin, nur ohne die Arbeit, das ist doch schön so."

„Ja", sage ich, „eine Seebestattung, das möchte ich auch." Und überdies gehört auch das Sterben wohl zum Leben — ein Allgemeinplatz, aber so ist es. „Ich war ja auch mal kurz klinisch tot", erzähle ich ihm, „da denkt man hinterher anders über das Leben. Vor allem ist seit dieser Erfahrung meine Geduld mit Bullshit begrenzt." „Mit was?" fragt er, und ich korrigiere auf „Schietkroom". Das versteht er. „Ich will halt keine Zeit mehr verschwenden. Und ich verlasse Menschen und Orte, die mir nicht gut tun, so ist das." Der Mann nickt. „Bei anderen wiederum", fahre ich fort, „da weiß ich halt einfach, dass es sich lohnt. Und spiritueller geworden bin ich, man hat einfach feinere Antennen in alle Richtungen."

Ich weiß nicht, ob er das nachvollziehen kann, aber mir fällt nicht ein, wie ich auf die Schnelle einem alten Insulaner erklären soll, was mieses Qi ist, also vertiefe ich es nicht weiter — die Kommunikation zwischen den Generationen ist halt doch nicht immer einfach. Aber das mit dem Nahtod erfasst er.

„Oh", sagt er, „dann warst du auch schonmal da. Ja. Und

dann siehst du jetzt erst, wie schön die Welt eigentlich ist, trotz allem. Und dass es sich lohnt." Ich nicke.

„Kann ja vorbei sein", sage ich, „ganz plötzlich.

Und dann sind sie weg, all die Geschichten, die man noch erzählen wollte, all die Geheimnisse, die man niemandem anvertrauen konnte, und all die Menschen, denen man niemals mehr sagen können wird, dass man sie lieb hat.

Und dann gehen Fremde durch deine Sachen und schmeißen alles weg; die Briefe, die Fotos, die Bücher. Die schöne, weiche Strickjacke, die du so gern an Winterabenden trugst, wird achtlos in einen Müllsack gestopft, weil du längst kalt bist und nichts mehr zum Wärmen brauchst. Und Leute, die du für Freunde hieltest, regen sich auf, weil man von deinem Leben so gut wie nichts mehr verkaufen kann. Weil es für sie keinen Wert hat, all das, was du liebtest und was dein Leben ausmachte."

„Genau so ist es", sagt der Nachbar, „ich seh doch immer die Leute mit dem Hänger vorfahren, wenn schon wieder einer weniger ist, da kommt es dann drauf, das ganze Leben, alles muss schnell gehen heute, das Leben, das Sterben, und zack und weg. Früher", sagt er, „haben wir uns irgendwie mehr Zeit gelassen. Mit dem Leben. Und irgendwie auch mit dem Sterben. Damals gab es noch Abschied. Heute ist es nur noch Vergessen. Und ich kann mich nur wiederholen: Wer sagt, er hat keine Angst davor, der lügt." Wir setzen unsere Wege fort. „Hol di munter, min Jung!", ruft er, und tippt zum Gruß an seine Mütze. Dann radelt er davon.

Hinter uns scheinen die Kerzen durch die Fenster von Sankt Nikolaus.

Aufgeben

Es ist kalt geworden. Meine Balkonpflanzen beginnen zu leiden; einige von ihnen sind nicht winterhart und werden die Kälte nicht überstehen. Zum Sterben gezüchtet, denke ich, man zog und päppelte sie zu keinem anderen Zweck, als den Menschen einen einzigen Sommer lang Freude zu machen. Und dann war der Sommer ja doch wieder zu kurz, eigentlich ist er doch immer zu kurz. Und nun sieht man auf die sterbenden Blumen und traut sich noch nicht recht, sie auszugraben. Andererseits hätte es aber auch wenig Sinn, ihnen noch länger beim Siechen zuzusehen, wäre es nicht an der Zeit, sie durch Frosthartes zu ersetzen oder die Balkonkästen leer zu lassen bis zum nächsten Frühling?

Aber dann hofft man noch einmal auf warme Tage, auf eine weitere letzte Blüte, auf den letzten Rest wohlgenährten Grüns im Gelb des verbleichenden Jahres.

Zum Glück habe ich gerade ohnehin keine Zeit zur Gartenarbeit, also stehe ich nur etwas ratlos vor den Kästen mit den immer Zukurzgeliebten und fühle mich ihnen verwandt.

Und dann blickt man zurück auf diese kurze Ahnung von Sommer, auf diese all zu schöne Erinnerung an das Erblühende, daran, dass es jemanden gab, der wieder Licht und Farben in einem sah anstelle des Unberührbaren. Der einem einen Platz in seinen Träumen anbot. Und man näherte sich diesen Träumen mit zögerlicher Neugier und hob sie ans Herz, wie man eine Muschel ans Ohr hebt, um den Ozean darin rauschen zu hören. Man wollte es wagen.

Aber so wie der Ozean zogen sich auch die Träume zurück, und dann stand man da, ratlos wie nun vor den Balkonblumen, und wartete auf die nächste Flut.

Zuerst noch voller Hoffnung — es rauschte doch noch, das ferne Meer! Aber irgendwann begriff man, nein, die Jahre hatten es längst gelehrt, dass sich die Liebe anderen Gezeiten unterwarf als die Natur; genauer: Gar keinen Gezeiten.

Was verschwunden war, würde nicht wiederkehren. Lass los, sagte ich mir längst, er kommt nicht mehr.

Aber jeder Sonnenstrahl, jedes azurblaue Leuchten des Inselhimmels, jeder Ruf der ziehenden Gänse, ließ ihn dann ja doch wieder vernehmen, den zarten, süßen Ton der Hoffnung, den man gleichermaßen ersehnte und verfluchte.

Nun ist es Winter. Und ich frage mich einmal mehr: Wo verläuft er eigentlich, dieser Grat zwischen Naivität und Gutgläubigkeit, zwischen Realismus und Resignation? Ich finde ihn nicht, und doch balanciere ich täglich darauf.

Wie alt muss man werden, um keinerlei Hoffnungen mehr zu hegen? Und ist das überhaupt erstrebenswert?

Warum gieße ich meine sterbenden Pflanzen, wenn ich doch

weiß, dass ich sie nicht retten kann? Warum vermisse ich jemanden, der mir längst entglitten ist, aus den üblichen Gründen oder anderen, ich will es nicht wissen.

Am Ende der Straße liegt der Deich. Ich kann weit ins Land schauen bis dahin, und ich denke, dass das der einzige Weg ist; nicht der Weg zum Deich als solcher, aber der Blick nach vorn: Was sonst bliebe auch übrig?

Man is not made for defeat schrieb Churchill, aber dennoch gerät man immer wieder in Situationen, in denen zumindest eine punktuelle Kapitulation kein Aufgeben, sondern ein Triumph wäre: Loslassen zu können, ohne das erstrebenswerte Ganze aus den Augen zu verlieren. Entlieben und dennoch weiter an die Liebe glauben. An die Liebe glauben können, ohne auf die Liebe zu hoffen. Die Tür für jemanden angelehnt lassen, ohne ständig aus dem Fenster zu starren, ob er denn kommt. Sich selbst wieder genug sein. Es hatte doch wunderbar funktioniert!

Irgendwann kommt das Meer zurück, wenigstens darauf ist Verlass: das Meer kommt immer zurück, und vielleicht liebe ich es auch deswegen.

Ich halte die Muschel ein letztes Mal ans Ohr. Dann lege ich sie behutsam in den Sand. Der Wind trägt die Melodie in ihrem Inneren davon, bevor sie die Wellen überspülen. Vielleicht finde ich sie irgendwann wieder, denke ich. Vielleicht höre ich dann etwas Neues.

Aber zugleich weiß ich, wie sinnlos das ist, als ich über den weiten leeren Strand blicke: Es gibt zu viele Muscheln hier. Die Strandkörbe, in denen ich mit ihm sitzen wollte, sind ohnehin längst weggeräumt. Die Bäume, in deren sonnendurchflutete Kronen ich mit ihm geschaut hätte, sind kahl.

Ich muss jetzt heim. Wenn der Wind dreht, höre ich vielleicht noch sein Rauschen in den nackten Zweigen des Waldes. Das Herbstlaub auf dem Waldboden hat jetzt die Farbe seiner Haare, denke ich, und ein letzter, bittersüßer Rest Wärme klammert sich an mein Herz wie der letzte Rest Leben an meine Pflanzen.

Ich könnte die letzte Blüte an der Hortensie einfach abreißen, denke ich, noch immer vor den Balkonkästen ausharrend, dann fiele es vielleicht leichter, sie wegzuwerfen.

Aber ich bringe es nicht fertig. Ich lasse die Blüte da, wo ich sie durchs Fenster sehen kann.

Natur

Der Supermond der vergangenen Tage hat die See nah an den Strand geholt. Weißkämmige Wellenberge donnern in stetem Rhythmus auf den Sand, während eine losgerissene Seefahrtsmarkierung im Flutsaum vom Wasser umspült wird. Der Strand ist leer. Es ist November auf Langeoog.

Abends fahre ich an dem Hotel vorbei, in dem mein Leben auf Langeoog begann. An der Rezeption ist niemand. Im Restaurant sitzt das Besitzer-Ehepaar an dem üblichen Tisch;

der neue Direktor steht in unterwürfiger Haltung daneben, bereit zum Rapport. Ich empfinde nichts. Es ist ja auch schon wieder gefühlte drei Leben her.

Wieder einmal ist viel passiert in einem Jahr, und gleichzeitig auch wieder nichts: Die Ambivalenz des Dorflebens. Man radelt täglich seine beruflichen und sonstigen Pflichten ab, genießt, wenn möglich, die Natur, versucht Kontakte zu pflegen zu Familie und Freunden. Versucht zu schlafen. Versucht aufzuwachen. Versucht zu leben. In der Zeitung miese Nachrichten und ab und zu auch ein paar gute. Es wird viel gestorben dieses Jahr. Draußen rüttelt der erste Wintersturm an der Flaute im Herzen.

Meine Eltern berichten von einer Fahrt durch die Eifel. Es gab ein Unwetter, überall liegen Äste herum, berichten sie. Aber es sei schön dort, mit den vielen Bäumen, den Burgen und Weinbergen, die Mosel ein stilles, grünes Band, Frühnebel über den Tälern.

Ich weiß, sage ich. Ich war nie dort. Aber einst mochte ich jemanden aus dieser Region. Ich sah all das in seinen Augen. Vielleicht hätte ich ihn lieben können. Vielleicht hätte ich mich sogar an diesen seltsamen Dialekt gewöhnt. Inzwischen lebt auch dieser Mensch nicht mehr dort, und manchmal bekomme ich noch etwas von ihm mit, aber er streift irgendwo durch ferne Wälder, allein mit einer Form von Einsamkeit, in der ihn niemand erreicht. Das ferne Meer ist ihm kein Trost, und ich bin es auch nicht.

Die Nacht bricht allzu früh herein. Immerhin entschädigt uns der Himmel dafür mit einem prachtvollen Sonnenuntergang, Schäfchenwolken glühen in Zuckerwatterosa auf türkisblauem Grund. Hinter der Kirche, in der ich ein Licht anzünde, brandet das Meer. Sanddornbeeren leuchten aus ihren Dornenkronen; orangeroter Saft rinnt durch meine Handflächen, als ich ein paar davon pflücke, die Früchte sind überreif. Wenn niemand sie erntet, war all die Pracht umsonst.

Ich streiche etwas davon auf meine Haut; das viele Vitamin C darin ist ein Antioxidans und also gut gegen das Altern: Denn auch ich verblühe allmählich, und manchmal grämt es mich. Aber an anderen Tagen bin ich beinahe noch schön. Und das Leben, denke ich, ist es auch: Trotz allem.

Am Dünenüberweg betrachte ich gedankenverloren das Meer, auf das der goldglänzende Strandhafer nun den Blick freigibt. Die vom letzten Sturm angespülte Seefahrtsmarkierung, eine grüne Tonne, liegt immer noch dort. Der Tonnenhof auf Norderney ist informiert und wird sie wohl bald wieder auf Position schleppen lassen.

Ich überlege, ob es in meinem Inneren zuletzt eine Bojenkette gegeben hat oder irgendein anderes Seefahrtszeichen; irgendeine Richtschnur für mein Denken und Fühlen. Man soll seinen Kurs nach den Sternen richten, nicht nach den Lichtern vorbeifahrender Schiffe, heißt es in einem schönen Epigramm, und ich vermute, dass ich letztlich wohl doch allzu oft auf die oberflächliche Pracht vorbeitreibender Überwassereinheiten hereingefallen bin; blind für den Rost unter ihrem Lack und ihr defektes Ruder.

Die Nacht senkt sich auf Langeoog. Es war ein klarer Tag und der abnehmende Mond ist nur noch eine schmale Sichel. Die Sterne sieht, wer will, sehr deutlich.

Lütt un groot

Auf dem Weg zum Strand hinunter muss ich klettern: Der letzte Sturm hat steile Kanten in den Dünenfuß gefräst, die Holzbohlen der Strandüberwege sind längst weggeräumt. Dennoch zeigt sich der Tag in völliger Unschuld. Raureif hat sich über den nassen Sand gelegt und lässt das Plateau des Dünenabbruchs aussehen wie einen mit Puderzucker bestreuten, spekulatiusfarbenen Kuchen. Durch die Brandung flitzt emsig ein Sanderling.

Ein Kuchen!, denke ich konsterniert, es sieht wirklich aus wie ein Kuchen! Dabei ist jedes Nagen an den Dünen ein Nagen an unserer Existenz. Wie also kann etwas an sich so Abscheuliches so hübsch verpackt daherkommen?

Andererseits, denke ich weiter, ist das doch meistens so. Denn wie oft entpuppen sich vermeintlich grandiose Dinge im Leben als Matruschka-Puppen, deren innere Figuren nicht nur immer kleiner werden, sondern sogar immer trivialer und hässlicher, je länger man sich mit ihnen beschäftigt? Wie oft war eine nette Geste nichts als Strategie, die Freundschaft nichts als Kalkül, die Avance nichts als Eitelkeit?

Die Dämmerung hat sich über das Meer gelegt. Ich sehe das nun seit 1000 Tagen, und es wird mir nicht Leid: Das aquamarinfarbene Leuchten der sich aufbäumenden Wogen, die schneeweißen Schaumkämme. Der Sanderling hat keine Angst vor mir, er flitzt vor meinen Füßen herum, als sei ich ein Artgenosse oder irgendwas, das immer da ist: Der Sand. Die See. Die Muscheln. Und ich wünschte, ich hätte diese Gewissheit noch.

Ich habe sie nicht. Das Inselleben ist teuer, und ich weiß nicht, wie lange ich es mir noch leisten kann. Ich schiebe die Schuhspitze in einen Haufen getrockneten Tang, in dem Eiskristalle glitzern. Jedes winzige Detail ist so wunderbar auf dieser Insel. Ich geh hier nicht weg, denke ich. Nur noch in einer Kiste, mit den Füßen voran. Kurz flammt Kampfgeist auf. Aber dann ist er fort.

Wie absurd es doch ist, das Hässliche in all dem Schönen! Sieh dich doch an, sage ich der Insel. Wie kann es hier Leid geben? Wo ist hier Platz für das Schlechte? Aber nach 1000 Tagen darf man sich keiner Illusion mehr beugen: Wo Menschen sind, ist Schlechtigkeit. Denn auch Langeoog ist nur ein Mikrokosmos, in dem alles Einzug hält, was einem auch anderswo das Leben verleidet: Wie im Großen, so auch im Kleinen. Schließlich eint, wie man jährlich der Debatte ums Silvesterfeuerwerk entnehmen kann, die Menschen hier nicht einmal die Liebe zur Natur.

Und so gibt es auf der Insel Clans, die zur Machtkonsolidierung auf sämtliche Schlüsselpositionen Angehörige und Günstlinge schleusen und aggressiv in jedes Bauvorhaben investieren, auf dass man ein wenig absolute Monarchie spielen kann, obwohl sich unser schönes Langeoog auf demokratisch regiertem Grund befindet. Es gibt überehrgeizige Neuankömmlinge, die in ihrem Bestreben, es in die vermeintliche Insel-Oberschicht zu schaffen und sich selbst in den Mittelpunkt zu rücken, keinerlei Skrupel kennen. Menschen werden wie Schachfiguren bearbeitet, geschliffen und taktisch positioniert; fällt eine um, kommt die nächste: Wegwerfware. Und ob die Züge klug sind, sei dahingestellt.

Ja, aber diese Leute haben doch Erfolg, mag man meinen. So funktioniert das Leben, in der Politik, in einem Konzern, auf einer Insel. Wenn die Leute doch geblendet werden wollen, verarscht, benutzt, nur, damit sie mit XY beim jährlichen Ball an einem Tisch sitzen und sich in irgendeiner Form systemrelevant fühlen dürfen? Dann ist das halt so: *Homo homini lupus est*.

Und doch steht man daneben und fühlt sich oft sehr allein auf dem Planeten: Denn das kann er auch nicht sein, der Plan vom Glück. Bekommt man nicht zugleich mit, wie sehr die vermeintlich besten Freunde, die in trauter Runde kichernden Charityladies und Clubherren, oft nur das Netz des schönen Scheins zusammenhält? Sieht man nicht die angeheirateten Männer der Matriarchinnen, die Zuhause nichts dürfen außer Geld ranschaffen und die Ahnenreihe sichern, oftmals nachts mit leerem, ausgelaugtem Blick in ein Bierglas starren? Sind die wohlgenährten, reichen Berufsgattinnen glücklich, wenn sie ihre Kinderwägen das Dorf rauf- und runterschieben, auf der Suche nach Klatsch, den man beim Kaffeekranz erzählen kann, weil ihr Leben sonst nichts hergibt? Sind Menschen glücklich, die andere diffamieren und wegbeißen, nur um ihre eigene fragile Position in irgendeinem beruflichen oder privaten Machtgefüge zu sichern? Vielleicht sind sie es sogar. Ich wäre es nicht.

Und ja, natürlich gibt es da noch all die anderen. Die nicht so sind: Kluge Beobachter an der Peripherie, mit Rückgrat und eigener Meinung, mit eigenem Leben. Die ihre Fähigkeit zu Liebe und Empathie, sofern überhaupt vorhanden, nicht ausschließlich an Blutsverwandten aufbrauchen. Die außer Oben und Unten auch ein Nebeneinander kennen. Aber mehr und mehr ist man dann doch versucht, den Worten eines erfahrenen Insulaners zu glauben, der mir erst kürzlich nur einen einzigen Rat mit auf den Weg gab: „Vertrauen Sie hier niemandem."

Und so suche ich weiterhin meine Freunde unter den Sanderlingen, mein Glück im Gleißen der Sonnenstrahlen auf den Wogen, im Knirschen der dünnen Eisschollen unter meinen Füßen, im Rauschen des Windes und vor allem: In der Einsamkeit. Ich bin so dankbar, dass die Insel mehr ist als ein Dorf. Dass es, ungeachtet aller menschlichen Anstrengungen, hier immer noch nur einen Souverän gibt, nur einen einzigen absoluten Herrscher: Die Natur. Ich bin klein vor Gottes grandioser Schöpfung. Aber alle anderen, tröste ich mich, sind es auch. Es ist wohl Zeit für Demut: Das Jahr neigt sich dem Ende zu. Für einige wird es weitergehen wie bisher. Für andere nicht.

Ratz

Immer, wenn ich mich dem Treppenhaus nähere, ertönt aus dem Keller der schrille Warnpfiff einer Ratte. Die Ratte und ich haben eine WG hier im Winter, denn außer mir und dem Nager wohnt niemand in unserem Mehrfamilienhaus von November bis Weihnachten. Ich nenne ihn Ratz. Ich weiß nicht, ob die Ratte ein Er ist, aber Ratz ist mein Mitbewohner, also ist er ein Männchen, das habe ich eben beschlossen. Ist ja gut, Ratz, denke ich, du kennst mich doch schon. Ein weiterer Pfiff, als ich den Wäschekorb in den Hauswirtschaftsraum trage, den ich jetzt offen stehen lassen und nutzen kann, wann ich will. Es ist schließlich niemand da, der meckern könnte, weil alle anderen Wohnungen im Haus Ferienwohnungen sind — Und so ist es nun, als gehörte das Haus nur mir allein.

Ich habe Ratz noch nie gesehen, und auch niemanden seiner Freunde, die er vor mir warnen zu müssen meint, aber ich freue mich, dass er da ist. Denn immerhin gibt es durch ihn jetzt noch ein drittes Lebewesen im Haus an jenen Tagen, an denen ich nicht vor die Tür komme: An jenen Tagen, an denen der schwarze Hund namens Depression zu Besuch ist. Ich sah den schwarzen Hund lange nicht, aber ich fürchte ihn auch nicht mehr, den alten Bekannten, überwiegend zahnlos inzwischen, aber noch immer ein Zerberus zwischen mir und dem Licht. Man lernt, zu koexistieren. Und dann sitzt man im Schaukelstuhl und liest Capote und hört Bach und hakt ab, ob man heute geduscht, sich angezogen und etwas gegessen hat, und wenn ja, war es ein guter Tag. Draußen verwäscht die Wintersonne im bleichkalten Dämmerlicht, bis die Dunkelheit auch über die Insel hereinbricht, gesprenkelt vom Licht der Sterne. An sehr guten Tagen macht man sogar die Wäsche, selbst wenn der Hund hinterhertrottet, und vermutlich verängstigt auch er nur die Ratte im Keller, nicht ich. Im Gemeinschafts-Hauswirtschaftsraum des Hauses ist alles so, wie ich es vor einiger Zeit verließ; sogar die Leiter steht noch aufgeklappt da, wo ich sie hingestellt hatte, um das Kellerfenster zu schließen, und ich erinnere nicht einmal, dass ich vergessen hatte, sie wegzuräumen.

Ich betrachte die Leiter. Ein paar vom Wind hereingefegte Blätter liegen drumherum verstreut. Das Fenster ist gar nicht besonders weit oben, aber ich bin zu klein, und mit einem leichten Gefühl wehmütigen Bedauerns denke ich an den letzten Mann, für den ich mich erwärmte, weil er das Fenster aufgrund seiner Größe einfach so hätte schließen können, und aus noch ein paar anderen Gründen auch. Aber es war ein klassisches Strohfeuer; schnell entflammt und schnell erkaltet. Und doch fühle ich Dankbarkeit für diese kurze Ahnung von Sommer, die er brachte, für die Erinnerung daran, dass es Menschen gibt, die nicht nur Enttäuschung, Schmerz und Bitternis hinterlassen, sondern neue Farbnuancen in eine verblassende Welt tragen und neue, schöne Melodien in die Stille. Es ist merkwürdig, nun in dieser Art Liebesvakuum festzustecken. Zwischen dem einen, bei dem das Verliebtsein gleich nach dem Entflammen verlosch, und dem anderen, an dem man seine Liebe verbraucht hat. Ein dritter wäre vermutlich die Lösung, mit dem man seine im Sirup der Melancholie träge gewordenen Gefühle freiwaschen könnte, aber das Auftauchen eines solchen ist nahezu ausgeschlossen; war es doch Wunder genug, dass ich nach all den Jahren überhaupt wieder jemanden traf, für den sich mehr als eine projektbezogene Begeisterung in meinem Herzen regte. Der mich intellektuell und menschlich ansprach, der meinen Humor teilte und ein wunderbares Schriftdeutsch sein eigen nannte: Ein nicht unwichtiges Detail für jemanden wie mich, der ausgesprochen ungern telefoniert, ständige physische Anwesenheit scheut wie der Teufel das Weihwasser, und sich dennoch mit dem *Significant Other* geistigen Austausch jenseits einer Tweet-Länge wünscht.

Aber es hatte nicht sein sollen und so nehme ich Abschied ohne jede Bitternis im Herzen. Denn immerhin, denke ich, hat er mich über das letzte Desaster hinweggebracht.

Von diesem Mann wiederum, um den ich die ersten Jahre auf der Insel trauerte, fand ich die Tage ein neues Bild: Er ist immer noch schön, und ich denke, dass ich ihn auch nach wie vor begehren könnte, aber lieben? Das ist vorbei, endgültig, und ich bin froh darüber.

Wenigstens verlasse ich dieses Jahr ohne Liebeskummer, denke ich, also war es ein gutes Jahr, oder zumindest gar nicht so schlecht. Und so wird die Zeit, die man als „zwischen den Jahren" bezeichnet, für mich eine Zeit zwischen den Lieben sein, ein für mich ungewohnter Zustand, ging doch bisher ein jeder Liebeskummer nahtlos in eine neue Liebe über. Es ist die richtige Zeit für Stille, innen und außen. Zeit zum Innehalten. Zum Neusortieren.

Ein wenig ratlos blicke ich daher jetzt auf den schwarzen Hund neben dem Schaukelstuhl, weil ich nicht weiß, warum er wieder da ist, jetzt, wo doch alles besser werden sollte. Leere zieht ihn wohl mehr an als Leid, denke ich, aber er hat gelernt, Platz! zu machen, wenn ich das sage, und ich habe gelernt, ihn zu dulden, auch wenn ich ihn nicht füttere und nicht traurig bin, wenn er wieder geht. Ein Hang zur Melancholie ist für eine Zukunft als freischaffender Künstler toll. Eine manifeste Depression dagegen ist Mist.

Im Keller ist es trotz des geschlossenen Fensters eiskalt und ich beeile mich mit dem Herauszerren der Wäsche aus der Maschine. Ein neuer Pfiff ertönt, irgendwo aus den Tiefen der aus rotem Backstein gemauerten Kellergänge. Kurz halte ich inne, um zu hören, ob auf den Rattenpfiff das Trappeln von Füßchen folgt, damit ich den Ratz einmal sehen kann und weiß, wo er wohnt. Aber es bleibt still.

Siehst du, denke ich. Wir werden schon klarkommen, wir beide. Hab keine Angst mehr. Und ich weiß nicht, ob ich das wirklich zur Ratte sage oder eher zu mir selbst, aber eigentlich macht das auch keinen Unterschied:

Wir kommen klar.

Während ich Ausschau nach Ratz halte, jagt der schwarze Hund gelangweilt seinen eigenen Schwanz. Lächerlich sieht das aus, wie er da im Kreis herumrennt, immerzu und immerzu. Ich mache das Spielchen nicht mit und gehe zurück zur Wohnung, die zu weit gewordenen Hosen über dem Arm. Aber kurz bevor ich die Tür vor seiner Schnauze zumachen kann, drängt der Hund wieder hinein, und ich sehe resigniert zu, wie er es sich gemütlich macht und mich treudoof aus großen Augen ansieht: *Hello Darkness, my old friend*. Hier sein heißt nicht gewonnen haben, sage ich streng, und ich weiß, dass er das auch weiß. Es gibt immer ein Danach.

Träume

Aus dicken Wolkenschichten sickert diffuses Licht auf die nebelumflorten Dünenketten. Es ist unmöglich, anhand des Sonnenstandes die Tageszeit abzuschätzen; ich schätze die

Zeit auf späten Mittag, da sich noch kein Streifen Dämmerung in den nach Westen zeigenden Fenstern des Nachbarhauses spiegelt.

Zum Frühstück nehme ich mir ein schokoliertes Gebäckteilchen. Ich weiß, dass ich als erste Mahlzeit etwas Gesünderes essen sollte, aber es ist ja ohnehin schon lange keine Frühstückszeit mehr und eines der guten Dinge am Erwachsenwerden und/oder Alleinleben ist schließlich auch, dass man Unmögliches zu unmöglichen Zeiten essen kann, ohne dass irgendjemand meckert.

Auf dem Tisch liegt das neue GEO-Magazin und ich stelle beim Durchblättern, das Gebäck zwischen den Fingern, fest, dass mich diese Zeitschrift länger begleitet als jeder Mensch, außer meinen Eltern. Es ist eigenartig, und für einen Moment weiß ich nicht, ob ich diese Erkenntnis jetzt traurig oder amüsant oder erbärmlich finden soll — gibt es tatsächlich niemanden, der mich länger ausgehalten hat als ein Magazin?

Aber so ist das: GEO ist Heimat. Das vertraute Grün des Umschlags, die schönen Bilder, die interessanten Texte. Ich luchste die Zeitung erstmals meinen Eltern ab, als ich ungefähr acht Jahre alt war, damals mit dem festen Berufswunsch „Forscher". Später spezifizierte ich das auf „Archäologe", weil ich das Wort und seine Aura intellektueller Abenteuerlust mochte und mich überdies stolz machte, dass ich der Einzige in meiner Grundschulklasse war, der nicht nur wusste, was das ist, sondern der es auch schreiben konnte.

Ich erinnere, zu irgendeinem Kindergeburtstag von meinen Eltern dann einen Stempel bekommen zu haben, der fortan alles Bestempelbare mit „Archäologisches Institut Prof. Dr. Mayk D. Opiolla" ver(un)zierte. Große Freude!

Und so sehe ich mich auch heute noch, jedes Mal wenn ich ein GEO durchblättere, als kleinen Jungen über dieser Zeitschrift sitzen, noch voller Neugier auf das Leben, noch voller Träume, und diese Träume täglich abstaubend, polierend und neu sortierend wie die Regale voll kostbarer Artefakte in den Archiven meines imaginären Instituts.

Irgendwann freilich dämmerte mir dann, dass man als Archäologe in Spe in Naturwissenschaften nicht mies sein und möglichst auch keine Angst vor Spinnen haben sollte — ist man in zu erforschenden Höhlen und Gewölben doch meist in achtbeiniger Gesellschaft. Ich lernte also, dass man doch nicht alles werden konnte, was man wollte, wenn die Natur irgendwo ihre Grenzen gezogen hatte. Aber zugleich lernte ich, Träume zu modifizieren, damit man sie zumindest nicht ganz aufgeben musste.

Also sagte ich mir, könnte ich doch zumindest später für GEO schreiben! Dafür würde das Studium einer weniger mathematik- und chemielastigen Wissenschaft doch sicherlich reichen, wenn man parallel passende Praktika bei Zeitungen absolvierte! Und Schreiben, das konnte ich: Zumindest legte dies der Umstand nahe, dass selbst die mobbenden Hyänen in der Klasse handzahm wurden, sobald es um das Abschreiben meiner Deutschhausaufgaben ging.

Strahlend erzählte ich dem Berufsberater davon, der zum Ausloten unserer Zukunftsvisionen aus der Großstadt zu Besuch in unsere Schule gekommen war. Er lachte mich aus. Ein gehässiges „Das schaffst du nie!" ließ meinen Traum vom GEO-Redakteur zerspringen wie eine Porzellantasse. „Ich geb dir dann besser gleich schonmal das Faltblatt vom Arbeitsamt mit, muahahaha!"

Ich erinnere mich daran bis heute. Und: Mit Verlaub, mein Herr, Sie waren ein Arschloch!

So lernte ich mit ungefähr 14 Jahren also leider auch das: Menschen sind Arschlöcher. Zumindest solche, die deine Träume in den Dreck treten, obwohl sie nichts über dich wissen. Die da einfach nur ein schwächliches, unsportliches, blasses Kind mit dicker Brille sehen, und sofort wissen: Aus dem wird nie was. Vielen Dank auch.

Ich gab GEO auf. Aus beruflicher Perspektive zumindest — aber nicht als Leser. Denn natürlich verschwanden ab und zu Dinge aus der Asservatenkammer meiner Träume oder ich vergaß sie einfach: Aber es kamen immer noch neue Träume dazu. Manchmal nur in Form einer diffusen Ahnung. Andere klar konturiert. Die wenigsten ließen sich mit meinen realen Lebensbedingungen vereinbaren, und ich verfolgte sie nicht weiter. Oft weiß ich nicht einmal, warum. Vermutlich gewann einfach zu oft die Bequemlichkeit gegen den Mut. Die vermeintliche Sicherheit eines unspektakulären Jetzt gegen die

Abenteuerlust. Und einige Träume waren nur so lange schön, bis sie Realität wurden. Oder, um es mit Oscar Wilde zu sagen: „Es gibt nur zwei Tragödien im Leben. Die eine ist, nicht zu bekommen, was man will, und die andere ist, es zu bekommen." Auch damit machte ich reichlich Erfahrung.

Nun sitze ich also Vierzigjährig über dem grünen Magazin, das meine komplette Kindheit und Jugend begleitete, als freischaffender Künstler statt renommierter Archäologe oder GEO-Redakteur, und frage mich, ab wann man eigentlich zu alt zum Träumen wird. Ab wann man sich in der Realität einrichten muss. Ab wann man sich mit den kleinen Gebäckteilchen zufrieden geben muss, anstatt auf die große Torte zu warten, aus der dann endlich das Geld springt, und der Traummann und das Haus am Meer. Zumindest an Letzterem bin ich ja nahe dran, beruhige ich mich, und lausche zufriedenen Herzens auf das nahe Rauschen der Brandung. Meine Zeichenstifte auf dem Tisch werfen bereits lange Schatten.

„Wir haben die Kunst, damit wir nicht an der Wahrheit zugrunde gehen", schrieb Nietzsche, und natürlich hatte der alte Misanthrop mit diesem Satz einfach mal vollkommen Recht. Was nicht heißt, dass wir nicht auch in der Kunst oft genug an unsere Grenzen stoßen: Mit dem Bild, das nicht gelingen will, mit diesem einen Ton, den wir immer wieder schief singen, mit dem Wort, das uns partout nicht einfallen will. Auch Kunst frustriert. Nichtsdestotrotz gibt es wohl wenig, das uns mehr den täglichen Existenzkampf vergessen ließe, als das Schaffen oder Genießen von Kunst. Kunst polstert die Scherben zersprungener Träume so weich, dass man wieder darauf laufen kann. Kunst ist die Musik, die den Lärm der Welt für einen Moment verstummen lässt. Kunst ist das Licht an diesem Winterabend.

Kunst ist brotlos, heißt es oft. Kunst ist überflüssiger Tand einer Wohlstandsgesellschaft. Kunst rettet keine Leben. Kunst baut keine Maschinen, die das Leben sicherer und einfacher machen. Schönheit nährt nicht — Alles richtig. Aber ich möchte kein Leben, in dem alles nur einem Zweck dient. Ich ertrüge kein Dasein ohne vermeintlich unnütze Dinge. Ich ertrüge kein Dasein ohne Träume.

Was aber, frage ich mich, unterscheidet nun eigentlich die Träume der Kindheit von jenen, die wir als Erwachsene hegen? Vermutlich macht den größten Unterschied die Lebenserfahrung: Wir erkennen die Grenzen unserer Träume früher, und oft genug sind wir selbst jetzt das Arschloch, das uns sagt: Das schaffst du nie! Wie gut ist es dann, wenn man sich manchmal selbst noch überraschen kann.

Heile Welt

Ich warf die Weihnachtspost am frühen Montagabend ein. Die meisten der Briefe tragen Berliner Adressen. Heute ist Dienstag. Wenn die Briefe mit ihren mir jetzt so deplatziert erscheinenden Weihnachtsgrüßen in Berlin eintreffen, ist die Stadt bereits eine andere. Das indes konnte ich Montag gegen 18 Uhr noch nicht wissen. Zu diesem Zeitpunkt hatten 12 Menschen, die zu einem Weihnachtsmarktbesuch an der Gedächtniskirche aufgebrochen waren oder einfach nur so dort vorbei mussten, noch zwei Stunden zu leben.

Ich hatte lange mit einem Anschlag auf Berlin gerechnet. Was sollte unsere Hauptstadt denn auch von der Hauptstadt Frankreichs oder Belgiens unterscheiden? Was dort passiert, kann auch uns passieren. Emotional vorbereitet ist man trotzdem nicht.

Und plötzlich versteht man wieder all das Leid unserer Großeltern: Das tägliche Leben mit dem Gedanken, dass irgendwer, den man kennt, nicht wiederkehrt von der Front. Dass das Haus eines Menschen, den man kennt, in Schutt und Asche gebombt wird. Dass irgendjemand, den man liebt, aus dem Leben gerissen wird, viel zu früh und ohne jede Vorwarnung. Freilich: Dass Menschen plötzlich versterben, geschieht auch durch Unfälle, das ist grauenvoll genug. Aber wie viel unbegreiflicher ist es, wenn dieses Leid durch ideologische Verblendung verursacht wird, durch den Wahn Einzelner, also nicht durch unglückliche Umstände, sondern durch bösartigsten Vorsatz? Wieviel Kraft erfordert es, hier dann nicht einzuknicken, zu pauschalisieren, oder von der Angst vor dem Terror das eigene Dasein fremdbestimmen — sich also im Wortsinne terrorisieren — zu lassen? Sich nicht vor der nächsten Zugfahrt zu fürchten, dem Bahnhof, dem vollen Einkaufszentrum?

„LKW rast in Weihnachtsmarkt": Als die erste Eilmeldung auftaucht, bin ich zur Reflektion nicht fähig. Vielmehr greift eher eine Art Reflex, ein offenkundig archaischer Beschützertrieb, mit dem ich meine „Herde" daheim in der sicheren Höhle wissen will, und also schreibe ich jede und jeden an, der oder die mir am Herzen liegt: Lebst du?
Das Mobiltelefon zittert in meiner Hand.
Ich hatte mir nach dem Münchner Attentat so sehr gewünscht, so etwas nie wieder eine Freundin, einen Freund, fragen zu müssen. Und nun also doch noch Berlin.
Ich denke an die unzähligen Male, die ich während der Adventszeit selbst auf dem Weg vom Tauentzien zum Bahnhof Zoo den Breitscheidplatz überquert hatte. Oftmals hatte ich dabei keinerlei Interesse am Weihnachtsmarkt, aber man musste da eben durch, wenn man schnell zur U-Bahn wollte; es gab ja auch eine etwas breitere Gasse zwischen den Buden zu diesem Behufe. Und durch genau diese Gasse raste am Montag Abend der LKW und riss Buden und Menschen mit sich.
In der Zeitung ist ein Bild des Fahrzeugs: In der zersprungenen Windschutzscheibe hängt eine geschmückte Tannengirlande, und ich kann kaum in Worte fassen, wie sehr mich dieses Bild erschüttert. Denn kaum etwas stimmt wohl so fei-

erlich und friedlich auf die Festtage ein, wie an einem ruhigen Abend die Wohnung festlich zu schmücken, Kränze zu binden, Kerzen aufzustellen und Kugeln und Schleifen in warm illuminiertes Wintergrün zu hängen. Nun aber ragen diese Tannenzeige mit den Kugeln und Schleifen, die irgendein Mensch dort liebevoll drapiert hatte, damit ein anderer sich daran erfreute, aus dem gesplitterten Glas einer Mordwaffe. Es ist unerträglich.

Nach und nach geben meine Freunde Entwarnung. Dieses Mal hat es also niemanden getroffen, den ich kenne, denke ich, und allein der Gedanke „dieses Mal nicht" lässt mich innerlich erschauern. Ich sitze vor dem Fernseher und kann nicht aufhören zu weinen. Denn die 12 Verstorbenen und zahlreichen Verletzten hätten meine Freunde sein können. Sie waren irgendjemandes Freunde, Brüder, Väter, Töchter. Das Leid der Angehörigen? Unvorstellbar. Es kann keinen Gott geben, der Menschen zu so etwas anstiftet.

Ich versuche, Musik zu hören oder etwas anderes im Fernsehen anzuschauen, aber es ist plötzlich alles so entsetzlich trivial, was da gespielt und besungen wird; mit der Liebe und all den Alltagsstreitereien.

Und ich frage mich, wie es eigentlich unsere Großeltern im Krieg fertig brachten, trotz all des Grauens Weihnachten zu feiern, Kindergeburtstage, Hochzeiten. Wie konnte man lieben und lachen, wenn schon morgen wieder jemand erschossen werden konnte, von Granaten zerfetzt oder ausgebombt, mit keinem Besitz mehr außer den staubigen Lumpen am Leibe?

Andererseits: Ist es nicht auch beruhigend, dass aller Hass und alle Gewalt das Schöne, Frohe und Gute nicht auszurotten vermögen? Dass es Menschen geben wird, die in der Not zu Helden werden, Blumen, die aus Trümmern wachsen sowie Dinge und Ereignisse, die ein Lächeln auch in tränenüberströmte Gesichter zaubern?

Vielleicht, ahne ich, ist das Finden von Liebe, Licht und Schönheit zwischen den Klüften einer immer fragileren Welt auch einfach eine Art Selbstschutz, um nicht wahnsinnig zu werden.

Bis früh in den Morgen scheint es mir unmöglich, nach all den schrecklichen Nachrichten überhaupt einzuschlafen, aber als ich letztlich doch wegdämmere, finde ich mich auf einer Anhöhe in einem verschneiten Wald wieder. Der Wald ist absolut still, aber es ist keine bedrohliche Stille, sondern eine friedliche. Kaum ein Laut ist zu vernehmen. Nur ab und zu das Rascheln eines Eichhörnchens, das durch die Zweige turnt, ein Rotkehlchen, das singt. Das leise Knarren schneeschwerer Äste und der gedämpfte Laut, mit dem ein Packen Schnee vom Baum zu Boden fällt. Der Mann, den ich lieb habe, ist bei mir, und unter uns windet sich die Straße in Serpentinen durch den schweigenden Wald, begrenzt von einem schlichten Holzgeländer vor dem Abhang, aus dem irgendwo mit silbrigem Gluckern eine Quelle sprudelt. So wie dieser Wald waren die Wälder meiner Kindheit.

Auch der Mann schweigt und sieht in die Ferne. Schnee fällt in dicken weißen Flocken und schmilzt auf seinen dichten Haaren, auf seiner Haut. Ich gehe zu ihm und lege einen Arm um ihn. Ein wenig hadere ich damit, dass er viel größer ist als ich, weil ich, so dicht bei ihm, deswegen nur die Knöpfe seiner Jacke sehen kann und nicht sein Gesicht. Ich sähe gern, was er fühlt. Quälende Sekunden verstreichen, in denen ich nicht weiß, ob ihn die Umarmung stört, weil er sich nicht rührt, aber dann nimmt er mich ebenfalls in den Arm: Erst in einen, dann in beide. Nun sehe ich überhaupt nichts mehr außer dem Stoff seiner Ärmel und den Knöpfen, und es wird dunkel in seinen Armen, aber es ist kein beängstigendes Dunkel, sondern dunkle Geborgenheit. Ich vertraue ihm. Ich habe lange niemandem mehr auf diese Weise vertraut.

Der Wald ist schön. Es ist kalt, aber auch die Kälte ist nicht bedrohlich; es ist die Art von Kälte, die man genießen kann, weil man weiß, dass man mit geröteten Wangen aus dieser Kälte in ein warmes Zuhause zurückkehren wird, mit Kaminfeuer, trockenen Sachen und Tee auf einem knisterndem Stövchen. Und dann sind da diese schönen, schlanken Flötistenfinger, die einem die restlichen Schneeflocken aus dem Haar streichen, und gütige, blaue Augen, die einen ansehen, als hätte man auf der Welt noch nie etwas Schlechtes getan. Es ist erstaunlich, wie Liebe einen zurück in den Stand der

Unschuld versetzen kann, und das Erstaunlichste ist: Es funktioniert immer wieder.

Aber als ich aufwache, bin ich wieder allein mit der Welt. Sofort fallen mir alle Ereignisse des Vorabends wieder ein: Da war also dieser Terror in Berlin, mit dem ich jetzt zurechtkommen muss, ohne, dass mich jemand in die Arme nähme. Warum, frage ich mich, träume ich dann so schön und friedlich, wenn diese Ereignisse doch quasi geradezu nach Albträumen schreien? Beinahe fühle ich mich deswegen schlecht. Dennoch ist die Situation absurd. Wie kann man von Liebe, Schnee und Wäldern träumen, also der ganzen klischeehaften Weihnachtsromantik, wenn da draußen — in jener Stadt, die einst auch meine war — gerade jede Weihnachtsromantik aufs Brutalste zerstört wurde? Vielleicht, denke ich, ist es wirklich nur eine Art Schutzmechanismus.

Die Welt ist nicht heil, und vermutlich wird sie es auch niemals. Aber offensichtlich brauchen wir unsere eigenen kleinen heilen Welten, um die Leiden der großen Welt zu ertragen. Einige finden darin sogar die Kraft, um diese Leiden zu lindern. Vor diesen Menschen verneige ich mich heute in tiefstem Respekt: Vor den Helferinnen und Beschützern, vor Ärzten und Polizistinnen, vor Fremden, die Fremde bargen, zudeckten und trösteten. Vor Menschen, die nicht zulassen, dass die Dunkelheit über das Licht siegt, der Hass über die Liebe. Und ich danke allen, die auch in meinem Leben dafür sorgen, dass sich die Welt trotz all des Terrors immer noch nach Zuhause anfühlen kann: Wenn schon nicht im Großen, so doch zumindest im Kleinen.

Hier und Jetzt

Es ist die Nacht vor Heiligabend. Orkanböen rütteln am Haus. Ich spähe unter den Decken hervor zur Uhr: Nicht einmal Fünf. Dennoch liege ich wach, eingehüllt in dunkle, warme Geborgenheit, dem soeben vergangenen Traume nachsinnend: Ein wenig irritiert, begleitet von einer diffusen Sehnsucht und einem seltsamen Gefühl grundlosen Glücks. Erneut habe ich von dem Mann geträumt — Und wieder war es ein schöner Traum. Welch Wunder, denke ich, über mich selbst spöttelnd: Natürlich träume ich von diesem Mann noch schön. Er ist noch neu; er hat mich ja auch noch nie verletzt. Dennoch ist für jemanden, der mit unschöner Regelmäßigkeit von Albträumen und *pavor nocturnus* heimgesucht wird, jeder friedliche Schlaf ein kleines Wunder, und also gebe ich mich wohlig der Erinnerung hin.

Der Mann erscheint nie klar konturiert im Traum; in seiner Schemenhaftigkeit zwar ein wenig geisterhaft, aber doch ein Geist, den niemand zu fürchten braucht. Denn seine Haut ist warm und glatt, und ich höre das Schlagen seines Herzens, das menschlicher nicht sein könnte. Auch spricht er wenig, aber wenn, dann mit ruhiger, angenehmer Stimme. Ich fühle mich wohl in seiner Nähe.

Auch im Traum ist es eine Winternacht. Vor dem Fenster bewegen sich Zweige, versilbert vom kühlen Licht eines großen, klaren Mondes. Der Mann ist bei mir, aber er schläft nicht. Genau wie ich liegt er mit offenen Augen wach und lauscht dem Sturm, der an den Fenstern zerrt. Leise summt er ein paar Töne eines Lieds, das ich sofort erkenne: Es ist eines meiner Lieblingslieder. Ich wusste bisher nicht, ob er singen kann, aber es klingt klar und schön, und ich freue mich darüber, weil ich mir einbilde, dass er es für mich summt. Schließlich weiß er, dass auch ich nicht schlafen kann, sondern um diese Uhrzeit immer wachliege, wie fast alle von episodischer Schwermut Geplagten, und so eint uns auch dieses Schicksal: Die Wanduhr zeigt nun kurz vor Fünf.

Ich küsse ihn in rührseliger Dankbarkeit auf die im Mondlicht fast porzellanartig makellos anmutende, nackte Schulter. „Schön, dass du da bist", flüstere ich. Der Mann sieht mich an. „Du weißt doch gar nicht, wo ich gerade bin."

Jetzt bin ich hellwach. Ich richte mich auf, weil mir der Satz kryptisch vorkommt, und auch ein bisschen unheimlich. „Wie meinst du das?"

Aber der Mann lächelt nur und sieht hoch zum Mond, der ihm aus irgendeinem Grund gerade näher zu sein scheint als ich. Das blaue Licht färbt seine Augen und die warmen, honiggoldenen Strähnen in seinen Haaren silbern. Mir fallen Liedzeilen von Franz Ferdinand ein, meiner Lieblingsband als Twentysomething. Gott, ist das lange her. Aber den Text weiß ich bis heute:

Blue light falls upon your perfect skin / falls, and you draw back again / falls, and this is how I fell.
Come on home.

Er hat Recht, denke ich, resignierend in seinen Arm zurücksinkend. Er ist nicht hier. Er ist irgendwo anders, und womöglich hat er das Lied gar nicht für mich gesummt, wahrscheinlich weiß er gar nicht, dass ich es liebe. Das ist wohl immer die Gefahr, wenn wir uns verlieben, aber den anderen eigentlich noch gar nicht kennen: Wir füllen die Wissenslücken mit Wunschdenken. Wir projezieren unsere Träume auf den anderen. Weil wir möchten, dass er fühlt, was wir fühlen, sieht, was wir sehen. Im Idealfall ist das auch so. Aber die Realität heißt: Wir wissen es nicht.

Nein, resümiere ich also, ich weiß nicht, wo du gerade bist. Aber ich wäre gerne bei dir. Und wenn du es dort nicht aushältst, nehme ich dich mit zu mir ans Meer, oder wir suchen einen Platz, den wir beide ertragen. Aber dafür muss ich wissen, wo ich dich finde. Auch wenn du jetzt neben mir liegst und ich dir physisch näher kaum sein könnte.

Ich sehe zu ihm hoch. Sein Gesicht ist jetzt deutlich als seines erkennbar; er hat charaktervolle, dennoch sanfte Züge, die etwas Verträumtes, zuweilen Verspieltes, umgibt. Ich mag das. Dennoch bleiben seine Konturen unscharf, was vermutlich nichts damit zu tun hat, dass ich nachts keine Kontaktlinsen trage — zumindest erinnere ich nicht, dass meine Kurzsichtigkeit jemals im Traume ein Thema gewesen wäre. Vielmehr ist es wohl so: Ich mag diesen Menschen. Genug, um von ihm zu träumen. Aber ich kenne ihn nicht genug, um ihn wirklich klar vor mir sehen zu können, was schade ist.

Und so liegt wohl eine gewisse Gefahr darin, wenn man sich nur ein- oder zweimal sieht, die gegenseitige Anziehung begreift, aber den Rest dann nur noch schriftlich oder fernmündlich erledigt. Denn oft kommt es dann so, dass die reale Person irgendwann nur noch eine Art Kerntheorie ist, ein Stichwort, und alles Weitere ein Produkt unserer Phantasie und unseres Wunschdenkens, mitunter sogar eines unseres Narzissmus: Nämlich in jenen Parts, in denen wir wünschen, dass der *Significant Other* uns möglichst gleicht — Wen der Bauer nicht kennt, den liebt er nicht.

Ich will dich aber kennen, rufe ich innerlich in verzweifeltem Trotz, weil ich dich lieben will! Für eine Sekunde fürchte ich, es laut ausgesprochen zu haben, aber der Mann liegt immer noch still und sieht sich den Mond an.

Ich möchte dich sehen, im Hier und Jetzt. Ich möchte bei dir bleiben, bis der Tag deiner im Mondlicht so blassen Gestalt wieder Farbe verleiht, bis dein Gesicht klare Konturen bekommt, bis die aufgehende Sonne das Blau in deine Augen zurückbringt und den Honigton in deine Haare. Und ich möchte, dass auch du mich siehst.

So, wie ich bin. Und trotzdem nicht wegläufst. Und trotzdem

all das hier nicht für ein Versehen hältst, mich nicht für einen Lügner und unsere Liebe nicht für ein kleines, schmutziges Geheimnis.
Sieh mich an! — Ich wünschte, ich könnte ihm das sagen. Aber ich schweige.
„Schlaf", sagt der Mann, und er küsst mich beiläufig, mit abwesendem Blick, so wie jemand, der sich am Bahnhof verabschiedet und mit halbem Herzen dabei schon im zur Abfahrt bereitstehenden Zug sitzt.

Ich muss mich nicht in „Freud" umbenennen, um zu ahnen, was diese Traumsequenz bedeutet: Es gibt kein Vertrauen ins Jetzt. Vielmehr wähne ich mich das ganze Leben lang zwischen zwei Zügen: Entweder noch wartend oder bereits verlassen. Und auch wenn ich nicht immer allein am Gleis stehe, so sind Bahnsteige doch per se ungemütliche Orte: Immer getränkt mit Sehnsucht und Abschied.
Der Traum ist vorbei. Ich stehe auf und mache koffeinfreien Kaffee, in der absurd lächerlichen Hoffnung, danach vielleicht doch noch schlafen zu können, die morgendliche Schwermut begrüßend wie ein altes, gebrechliches Haustier.
Ich denke an das Lied aus dem Traum und spiele es mir vor, aber ich mag es nicht mitsummen, weil meine Stimme nicht mehr schön ist, weil sie verlorenging, irgendwo zwischen Bahnsteig A und B. Das Reisen ist teuer. Aber nichts ist so

wertvoll wie die Ankunft und das Bleiben.

Ich sehe wieder zum Bett, das jetzt leer ist. Gerne hätte ich dem Mann aus meinem Traum noch etwas gesagt.

Nein, denke ich, ich weiß nicht, wo du gerade bist. Und es geht mich auch überhaupt nichts an. Vermutlich sollte ich mich einfach von dem Gedanken befreien, jemanden immer zur Gänze begreifen zu wollen. Denn ist es nicht gerade das Geheimnisvolle, sind es nicht gerade all die kleinen Abwesenheiten in der Anwesenheit, die jemanden begehrenswert machen? Habe ich nicht selbst genug verschwiegen?

Ich denke an die kleine, bunte Inselbahn, und dass der Mann den Kopf einziehen muss, wenn er da ein- und aussteigt, weil er so groß ist. Die Bahn sieht dann noch mehr aus wie ein Spielzeug.

Die Erinnerung an dieses Bild touchiert mein Herz. Es ist nicht wirklich schmerzhaft, aber es reicht, um ein leichtes Ziepen zu verursachen; einhergehend mit dem Wissen, dass Bahnhöfe ja nicht immer nur für Durchreisen und Abschiede stehen. Es gibt auch Wiedersehen. Es gibt Ankünfte. Eine sirupsüße Spur von Hoffnung zieht sich durch das Gemüt.

Vielleicht kommt er ja wieder, denke ich. Vielleicht sind wir dann wirklich zusammen schlaflos. Vielleicht wissen wir dann, wo wir sind.

Und vielleicht kann auch einer von uns bleiben.

Neujahr

Nun also der letzte Tag des Jahres. Es gibt nicht viel, das ich diesem Jahr noch zu sagen hätte. Politisch wurde sich schon an sehr Vielem abgearbeitet und ich werde mich nicht in die Reihen jener stellen, die zu allem und jedem die Klappe aufmachen müssen, ohne eine Ahnung von der Materie zu haben; die ihre Ideologie bewiesen sehen wollen anstelle von Fakten; die Menschen nicht von einer (im Idealfall: guten) Sache überzeugen, sondern nur Macht gewinnen wollen, indem sie sich als Meinungsmachende gerieren. Für das neue Jahr habe ich diesbezüglich nur den Wunsch, dass angesichts anstehender Wahlen und neuer diplomatischer Herausforderungen Menschlichkeit, Kompromissfähigkeit und Anstand eine von Demagogie, Populismus und Rachegelüsten uneinnehmbare Festung bilden mögen.

Was das Persönliche betrifft, so verliefen die meisten sich Anfang 2016 abzeichnenden Veränderungen im Sande oder entpuppten sich lediglich als kleine, tendenziell unbedeutende biografische Schlenker, welche zügig wieder zum gewohnten Pfad zurückführten. Das im Sommer des Jahres so plötzlich erstrahlte Licht der Liebe am Horizont ist immer noch dort: Am Horizont. Aber solange es nicht zur Gänze erlischt, soll mir auch das Recht sein — schließlich sind auch die wunderschönen Polarlichter im Norden nur ein kurzes, aber dafür zuverlässig wiederkehrendes und beständiges Leuchten in der Dunkelheit eines langen Winters. Ich kann warten.

Letztendlich hatte ich mir für 2016 ja auch nicht mehr gewünscht, als dass die Eltern am Ende des Jahres noch leben, und das tun sie, der Geräuschkulisse aus Wohnzimmer und Küche nach zu urteilen. Denn ich schreibe diese Zeilen in meinem alten Kinderzimmer, das heute Vaters Arbeitszimmer ist. Die große Fichte, auf deren Spitze ich früher von hier aus sah, um Eichhörnchen und Vögel darin zu beobachten, ragt heute längst über das Dach. Und auch ich bin den meisten Dingen, die diese Wände in sich tragen, heute entwachsen, was mir im Übrigen sehr Recht ist.

Mein Leben ist nun auf Langeoog. Von der gegenüberliegenden Seite des Hauses sieht man auf Garagendächer mit schmutzigen Schneeflecken sowie weitere Reihenhäuser. Ich kann mich an diesen Anblick nicht mehr gewöhnen. Ich brauche die unverbaute Weite, den Blick auf die See, das Nah-Sein an den Elementen, die salzige Luft. Das leise Surren der Elektrokarren statt der Einflugschneise des Düsseldorfer Flughafens und dem erdbebenlauten Poltern der Müllabfuhr. Meine schöne Inselwohnung vermisse ich wie einen treuen Liebhaber: Mit ihren geschlossenen Rollläden, dem ordentlich gemachten Bett und den ausgestöpselten Elektrogeräten liegt sie im kurzen Winterschlaf, bis ich ihr wieder Leben einhauche.

Dennoch bin ich dankbar, dass ich noch ein Elternhaus habe, in das ich zurückkehren kann. Denn zweifelsohne vermisse ich auch auf Langeoog zuweilen die Dinge, mit denen ich aufwuchs: Die üppig bewaldeten Hügel des Bergischen Lands mit ihren Fachwerk- und Schieferhäusern; die sich durch historische Altstadtkerne schlängelnden, klaren Bäche, aus deren Quellrohren mitten im Wald man trinken konnte (oder es zumindest einfach machte) und die wir als Kinder ständig irgendwo mit Lehm und Steinen stauten, bis uns der Förster dafür zusammenschiss, seinen schönen Jagdhund an der Leine.

Ich erinnere den pelzig-mehligen Geschmack von Bucheckern, und wie lange es dauerte, bis man auch nur eine halbwegs sättigende Menge davon aufgepult hatte. Die zartgrünen Blätter des Waldmeisters, aus dem wir Limonade ansetzten. Heute steht an der Stelle, an der wir damals den Waldmeister pflückten, ein hipper Hochseilgarten.

Es ist seltsam, all das nun aus der Distanz des Erwachsenseins zu sehen. Einerseits ein sentimentales „ach ja" im Geiste, klingend wie ein feines Silberglöckchen, andererseits aber auch das drohende Grollen der Vergänglichkeit im Ohr, wenn der Vater über Nachlassdinge zu sprechen wünscht oder dessen Kollegen, die man zuletzt als energiegeladene Jungärzte sah, einen plötzlich weißhaarig und gebeugt begrüßen. Andererseits bringt das Altern aber auch mit sich, dass man nun als der Sohn mit zum Stammtisch darf und in gepflegter Runde bei Weinschorle Konversation betreibt, anstatt am Kinder-Katzentisch mit Schwestern, Cousins und Cousinen vor sich hinsaue(r)n zu müssen.

Und auch aus anderen Gründen ist mir, mit Ausnahme des eigenen körperlichen Verfalls, das Älterwerden und damit jeder neue Jahresbeginn, eigentlich sehr Recht. Denn tatsächlich heilt die Zeit viele Dinge, selbst wenn Einiges ganze Jahrzehnte brauchte. Aber man emanzipiert sich vom Schatten seiner Vergangenheit, von vergangenem Leid, von seinen Fehlern und seinem Scheitern. Ich habe gelernt, dass die Vergangenheit jeden Menschen zwar gewisserweise prägt, aber ihn nicht ausmacht. Man kann sie nie ganz überwinden, aber man kann sie filtern und filtern und wieder filtern, bis nur noch das Gold im Sieb zurückbleibt.

Man kann das auch mit der Zukunft versuchen: Niemals, denke ich, ist man gänzlich Spielball seines Schicksals, auch wenn es sich manchmal so anfühlen mag. Aber wir können uns immer einen Deich bauen, der uns vor der Sturmflut rettet, und ein Fundament, das unsere Träume trägt, selbst wenn diese im Wandel der Zeiten und Gezeiten oftmals ihre Form ändern. Wer gläubig ist, mag sich auch mit der Vorstellung eines göttlichen Plans auseinandersetzen, mit dem Glauben an Fügung und dem festen Vertrauen darauf, dass ER nicht bösartig ist — ungeachtet all des Bösen auf der Welt, in uns und um uns. Damit, dass die Wege des Herrn zwar zuweilen unergründlich sind, aber letztlich doch alles in eine Form fallen lassen, die wir verstehen, und in der wir zuhause sind: Geborgen, geliebt und sicher. Und damit bin ich bei meinen Neujahrswünschen angelangt.

Gesundheit ist eigentlich immer das Wichtigste. Darauf folgt Hoffnung. Und der Rest? Ergibt sich aus den beiden erstgenannten Dingen.

In der Küche liegen drei Krapfen, und die darum entbrannte Diskussion, ob diese nun gezuckert oder glasiert besser sind, zeigt mir in der ganzen Pracht ihrer Alltags-Absurdität vor allem eins: Wir sind am Leben. Und das wiederum ist letztlich doch alles, was zählt: Auch 2017.

Decrescendo

Auf der Insel ist Ruhe eingekehrt. Beim Aufstieg zum Tjardsin-Utkiek ist nichts zu hören außer dem Rauschen der Wellen, dem Meckern eines Fasans aus den Dünen und dem eigenen Atem. Auch der Sturm, welcher in den letzten Tagen noch mit aller Rohheit über den Strand und durch die Straßen fegte, hat sich gelegt. Die Menschen, welche die Insel über Weihnachten und Neujahr in Scharen bevölkerten, sind fort. Aus einem vom Wind losgerissenen Reisigbündel, das einst als Dünenbefestigung diente, tschilpt zart ein Rotkehlchen.

Vom Aufgang Pirolatal aus erreiche ich den Strand. Der Strand selbst bietet noch ein Bild der Verwüstung. Wo einst der Aufgang Gerk-sin-Spoor war, ragt heute eine Steilwand aus Sand empor, entwurzelter Strandhafer liegt, mit Seetang verschlungen, in dicken, gelbbraunen Knäueln am Flutsaum. Dazwischen Zaunpfähle, Begrenzungsdrähte, Schilder. Der Dünenüberweg ist unpassierbar.

Die Sandfläche zwischen dem Meer und den Dünenabbrüchen, sonst eine glatte, unberührte Fläche, ist allerdings von Hunderten Füßen aufgewühlt. Verirrte sich sonst kaum jemand um diese Zeit an den Strand, so wurde unser kleines Langeoog in diesem Januar zu einem Ort, der weltweite Beachtung auf sich zog: Grund waren Abertausende angespülter Überraschungseier, welche ein Containerschiff im Sturm verloren hatte. Im Grunde unerfreulicher Plastikmüll, zogen die bunten, mit putzigen Figürchen befüllten Eier aufgrund ihres Niedlichkeitsfaktors jedoch sofort unzählige eifrige Sammler_innen an, welche die Plage in Kürze beseitigten: Das Gute im Schlechten. Interviews mit dem Bürgermeister und etliche Medienberichte folgten, viele davon zum Glück auch mit nachdenklichem Unterton bezüglich all jenen Plastikmülls, um den sich zwar keine Kinderhände reißen, der aber dennoch am Strand und in den Meeren landet.

Ich selbst erfahre von all dem erst aus der Zeitung, weile ich doch an Tag eins und zwei des Spektakels nicht auf der Insel und an Tag drei, plötzlich und nahezu handlungsunfähig an einer Arzneimittelunverträglichkeit laborierend, im Bett. An Tag vier, als ich mich mit noch wackeligen Knien wieder vor die Tür traue, ist nichts Buntes mehr im sturmverwüsteten Sand zu finden; die Aufräumenden, darunter viele Insulaner_innen, haben ganze Arbeit geleistet — ihre Fußspuren bezeugen es. Und die Küstenfauna dankt, ebenso sehr wie ich.

Ich komme mir vor, als käme ich von einem fremden Planeten zurück. Drei Tage abwesend, denke ich, und wieder ist so viel passiert. Und wieder ist so viel anders, obwohl jeder glaubt, auf der Insel gäbe es nichts Langweiligeres als den Winter. Ach, wäre er doch bloß einmal langweilig!

Denn wieder einmal sehnt sich mein Herz nach nichts so sehr wie nach Stillstand. Nach Heimat und Ankommen. Und dann steht man hier, am vermeintlich ruhigsten Ort der Welt, und findet die Ruhe trotzdem nicht; das wild schlagende Herz anbrüllend gegen die Brandung.

Es ist noch keine Woche alt, das Jahr, denke ich traurig, und schon muss man Träume begraben. Mit dem neuen Mann wird es keinen Frühling auf Langeoog geben und auch keinen Sommer. Kein Querflötenklang wird meine Seele erfreuen, während noch Raureif auf den Feldern glitzert. Der Mann wird nicht mehr kommen.

Er hat das so nicht gesagt, aber man ist mit über 40 Jahren doch lebenserfahren genug, um zu wissen, das gewisse Dinge, so schön formuliert und schonend verpackt sie auch seien, im Grunde nur eine einzige, eklige Wahrheit beschreiben: Das wird nichts mehr mit uns.

Was auch immer am Anfang auch leuchtete, als wir uns noch gegenseitig in unsere Leben einplanten — jetzt leuchtet es nicht mehr. Der Zauber ist fort.

Und nun ist er wieder da, der Moment, in dem die Vernunft dem Herzen den grausamen Befehl erteilen muss, das zart erblühte Pflänzchen der Liebe wieder totzutreten; geschickt genug, um nicht die Liebesfähigkeit zur Gänze zu meucheln, aber doch gründlich genug, um aus dem Mann, den man eventuell sogar seinen Eltern vorgestellt hätte, wieder einfach irgendjemanden zu machen.

Es kam nicht überraschend. Und dennoch stand ich wieder einmal nur da, dumpfblöde wie ein Reh im Scheinwerferlicht, und wartete auf den Aufprall, anstatt mich rechtzeitig umzudrehen und in Würde zu gehen. Aber manchmal will man die Wahrheit eben auch dann nicht sehen, wenn sie wild fuchtelnd und brüllend und Warnzeichen schwenkend direkt vor einem steht. Und dann liegt man waidwund im Graben, tut sich ebenso Leid wie man leidet, stellt alles in Frage und sich selbst zuvörderst, und hasst sich zugleich so unendlich dafür, weil es doch so viele Dinge auf der Welt gibt, die so viel schlimmer und wichtiger sind als Liebe. Warum bloß bleibt dieses Gefühl so mächtig?

Wichtiger ist beispielsweise Gesundheit. Wichtiger als ein Partner sind Essen, sauberes Wasser, eine Heizung und ein Dach im Winter. Wichtiger ist ein Einkommen, zumindest bis zur existenzerhaltenden Höhe. Solange man diese Dinge nicht hat, denke ich, ist romantische Liebe Luxus. Schließlich ist es ja auch kein Zufall, dass Ehen früher ausschließlich strategisch geschlossen wurden — Romantisch gelitten wurde nur heimlich.

Andererseits: Ist die romantische Liebe nicht oft auch ausschlaggebend für eine Genesung, für den Willen zum Überleben? Ausschlaggebend dafür, nicht aufzugeben, sich von dem letzten Geld eben keinen Strick zu kaufen, sondern Werkzeuge, um aus den Trümmern seiner Existenz wieder ein Haus zu bauen? Ist die Liebe nicht selbst Medizin, Wärme, Zuflucht, Kitt, Zement und Durchhalteparole? Natürlich ist sie das. Aber es gibt eben auch Zeiten, in denen man ohne Liebe auskommen muss, zumindest ohne die Liebe romantischer Bauart. Manche müssen das Jahre. Manche ein ganzes Leben.

„Was macht es mit einem Menschen, nie geliebt zu werden?" titelte letztens eine Zeitung. Ich weiß nicht, worum es in dem Artikel ging, aber ich dachte über die Frage nach. Zunächst einmal gibt es natürlich unzählige Arten der Liebe, sodass ein „nie geliebt werden" wohl quasi nonexistent ist. Ein Hund beispielsweise liebt einen nahezu immer, Eltern im Idealfalle und Gott in jedem Falle, auch wenn sich nichts davon beweisen lässt. Echte Freunde lieben einen auch, selbst wenn sich deren Liebe natürlich niemals so allumfassend anfühlen wird wie jene Liebe, der ein Verliebtsein vorangeht, und die sich aus romantischer Hingabe, freundschaftlicher Zuneigung und Fürsorge sowie erotischer Anziehung speist. Jemanden zu treffen, für den man all das auf einmal empfinden kann, ist selten; dass beide das gleichermaßen empfinden, noch seltener. Dennoch ist es, so empfinde ich es zumindest, gesellschaftlich noch immer ein großes Tabu, über das Sujet „unerwiderte Liebe" zu sprechen; ähnlich tabu wie Asexualität oder in fortgeschrittenem Alter noch ohne jede Erfahrung in erotisch oder romantisch konnotierten Dingen zu sein. Dabei ist es durchaus möglich, ohne all das zu existieren: Atmen muss man, Trinken und Essen. Beziehungen und Sex haben muss man nicht. Und wenn man sich den guten Gesundheitszustand und die hohen Sterbealter von Mönchen und Nonnen ansieht, so ist auch ein lebenslanges Keuschheitsgelübte ganz offensichtlich nichts, was einem Menschen schadet.

Viel schlimmer, als nicht geliebt zu werden, empfinde ich hingegen, keine Liebe geben zu dürfen. Durch das Singledasein quasi zum Hedonismus gezwungen zu werden. Man muss zwangsläufig den Champagner allein trinken, sich alleine das Meer anschauen und man kann niemandem von dem Schälchen Himbeeren abgeben, das man sich für einen Mondpreis gegönnt hat und nun mit kindlicher Begeisterung verspeist, die aromatischen Beeren am Gaumen zerdrückend, die weiche Konsistenz und den Duft mit allen Sinnen genießend. Manchmal wäre ich gern zum Teilen gezwungen.

Glück ist das einzige, was sich verdoppelt, wenn man es teilt, heißt es im Volksmund, und vermutlich ist da auch etwas dran: Wenig verwunderlich also, dass Emotionen wie Eifersucht, Wut, Rachegelüste und Missgunst einem vor allem selber schaden.

Und so versuche ich, den Mann in Frieden ziehen zu lassen, auch wenn ich ihm meine Insel und alles, was ich liebe, gerne gezeigt hätte. Berufsmusiker und alle anderen Künstler sind ja ohnehin schwierig; ich hätte es aus Erfahrung wissen müssen:

Look who's talking.

Im Fernsehen zeigt ein Sender Beethovens Fünfte von irgendwelchen Philharmonikern. Der Flötist ist zum Glück nicht mein Typ, dafür ist der Mann am Fagott recht niedlich, und auch das Waldhorn kann sich sehen lassen. Siehst du, auch andere Blasinstrumente haben schöne Musiker, höre ich irgendeinen Teil meines Herzens raunen, aber der Rest von mir winkt müde ab: Ich will halt nicht irgendwen. Der Dirigent gibt alles, und für einen Moment wünschte ich mir, auch jemanden zu haben, der mein Leben dergestalt durchchoreografiert, wenn es zu anstrengend und chaotisch wird. Aber es soll nicht sein. Wichtig ist wohl letztendlich nur, die Dissonanzen im Leben nicht lauter als die Harmonien klingen zu lassen. Und nicht nur die Höhen, sondern auch die Tiefen darin wertzuschätzen — als auf ihre Weise wertvolle Komponenten unserer ureigenen Symphonie.

Beseelt

Es ist eine helle Nacht, der Mond ist fast voll. Wenn die „fertige" Seite die Form eines altdeutschen, kleinen „z" hat, so ist er zunehmend, lernte ich einst; hat sie dagegen die Form eines kleinen, altdeutschen „a", so nimmt er ab. Ich schwinge mit Blicken ein „z" in die Luft: Er nimmt zu. Ein, zwei Tage noch, dann ist Vollmond. In Verbindung mit starkem Wind eine gefährliche Zeit für das Leben an der See: Sturmfluten drohen. Sechs Meter misst bereits die Abbruchkante an meinem Hausstrand, sodass ich den mir nächstgelegenen Strandübergang im Moment gar nicht mehr nutzen kann, die Natur hatte hier andere Pläne.

Plötzliche Abbrüche, welche existenzbedrohend sein können: Gibt es das nicht in jedem Leben? Scheidungen, Krankheiten, Arbeitslosigkeit, tragische Unfälle, für welche keine Versicherung einspringt?

Und was machen wir dann? Nun. Entweder springen wir die Abbruchkante hinunter. Dann sind wir tot oder vegetieren. Oder wir schütten das Ganze hastig zu. Dann ist es nicht stabil. Oder wir gehen besonnen an die Sache: Lassen uns helfen. Hören uns andere Meinungen an und lernen gerne dazu oder denken um, lassen uns aber nichts ein- oder ausreden. Lassen uns keine Märchen erzählen, im Sinne von: Da ist doch nichts, geh nur weiter, mach jetzt keinen Aufstand!

Nein, wir halten uns an Menschen, die uns sagen: Doch, das ist Scheiße. Das ist gefährlich. Aber wir ärgern uns jetzt zusammen darüber. Und dann finden wir auch zusammen da raus. Denn wir wissen: Keiner lässt den anderen los, wenn er noch etwas näher an die Kante kriecht, um den Schaden zu begutachten; um sich das anzusehen, was der Abbruch freigelegt hat. Manchmal ist das kein schöner Anblick. Manchmal ist es ein heilsamer. Aber immer ist es notwendig, sich die Trümmer anzusehen, damit wir sie neu ordnen, ebnen, und wieder darauf aufbauen können. Und es ist schön, wenn man das nicht allein tun muss. Wenn man Vertrauen haben kann: In seine Freunde. In Gott.

Nun höre ich meine atheistischen Freunde leise aufjaulen im Geiste, aber ich muss jetzt kurz über Gott sprechen; ich kann nicht umhin, dass dieses Thema in mir, einem recht christlich sozialisierten Wesen, das sich allzu lange gegen die Vorstellung einer höheren Macht wehrte, doch auf irgendeine Weise präsent ist. Denn ich habe gesehen, dass Gott wirkt.
Ich wäre nicht Ewigkeiten Agnostiker gewesen, wenn ich mich durch diese Erfahrung jetzt nur noch auf Gottes Fügung verließe und mich passiv in jedes Schicksal ergäbe, nein, dafür habe ich im Leben schon viel zu oft gekämpft. Ich bin wahrlich kein Gustav Gans gewesen. Aber viel zu oft habe ich dabei eben auch eine helfende Hand übersehen, die mich stützte, barg und aufrichtete: SEINE Hand. Manchmal kam

sie in Form eines kluges Buches daher. In Form meiner Eltern. In Form eines Freundes. In Form irgendeines kleinen, für andere womöglich irrelevanten Ereignisses, das mich klar erkennen ließ: Es geht weiter. Ich war, und das weiß ich heute sicher, an keinem Punkt meines Lebens allein, auch wenn es für viele so aussah. Auch wenn es sich aus meiner damaligen Sicht oft so anfühlte. Aber dem war nicht so.

Und erst heute weiß ich, dass das, was mir früher über Gott und über den Glauben erzählt wurde, eigentlich immer nur die Sicht anderer Leute auf Gott war sowie deren eigene, urpersönliche Art zu glauben. Im Falle der Berufskleriker in meiner Familie und der Religionslehrenden in der Schule war das zwar durchaus wissenschaftlich-theologisch untermauert, aber befähigt einen ein Bibelstudium automatisch zur einzig wahren Erkenntnis? Wenn dem so ist, will ich auch heute nicht gläubig sein. Denn in deren Gottes- und Glaubensbild kam jemand wie ich nicht vor.

Schlimmer noch: Ein Gott, wie er mir früher vermittelt wurde und wie ihn die Kirche vielerorts immer noch vermittelt, hasst mich. Widernatürlich, Auflehnung gegen die Schöpfung, ein menschgewordener Sündenpfuhl: Das ist nicht Gottes Werk. „Du hast keine Fehler, du bist einer!" „Jemand wie du ist von Gott nicht gewollt."

Doch.

Und ja, ich habe gesündigt. Aus Gründen der Diskretion gehe ich jetzt nicht ins Detail, aber die Liste ist lang, und nicht alles davon kann man heilen, aber dennoch weiß ich heute, dass Gott auch das vergibt: Wirklich vergibt. Wir haben alle eine Chance auf einen Neuanfang. In meinem Falle: Sogar auf sehr viele. Aber das Predigen sollte ich Profis überlassen.

Und so laufe ich durch die sturmverwaisten Straßen, den Kampf mit der Kapuze gegen den Wind habe ich längst aufgegeben, und wiege die Worte eines liebgewonnenen Freundes im Herzen: Dass Gott mit manchen Menschen eben besondere Pläne hat. Das Gott mich genauso wollte, wie ich bin. Wie ich jetzt bin. Dass mein Weg keine Sünde war, sondern auch SEIN Weg. Dass ich kein Paria bin, nur, weil ich heute ich selbst bin. Im Gegenteil. „Du sollst deinen Nächsten lieben wie dich selbst" heißt es in der Bibel, „und zu oft vernachlässigen wir dabei den zweiten Teil", ergänzt der Freund. So betrachtet (dies zumindest ist meine Laien-Interpretation) führt uns der Weg zu uns selbst also eher zu Gott, als dass er uns von ihm fortbrächte — Das hatte ich jahrelang anders betrachtet. Ich sündige, ja. Aber ich bin keine Sünde. Ich bin Teil der Schöpfung, sie SEINE Schöpfung, ist. So wie jeder andere Mensch auch. Die Natur macht Fehler: Gott nicht.
Jetzt einen Freund in Freud und Leid an meiner Seite zu wissen, der mir in so vielerlei Hinsicht darüber die Augen öffnete, und mich annahm, mit allem, was ich war und was zu mir gehörte, tat gut. Wenn ich gewusst hätte, wie nett Theologen

sein können, hätte ich mich schon früher mit welchen angefreundet. Und vermutlich wäre ich dann auch kürzer Agnostiker gewesen.

„Die Katholen haben doch alle einen an der Waffel" beschied mir vor langer Zeit einmal der berufsprotestantische Familienzweig, und jetzt denke ich an wieder an diesen Freund, der katholischer nicht sein könnte, und finde, dass er keinen an der Waffel hat — Zumindest nicht mehr als jeder andere Mensch, der das 30. Lebensjahr vollendet und alle handelsüblichen Dinge erlebt hat, die ein Mensch eben in über dreißig Jahren so durchmacht, sofern er nicht auf einem fernen Planeten oder in einer Höhle aufwächst. Und im Grunde ist „einen an der Waffel haben" ja auch per se erst einmal nichts Schlechtes; sämtliche Kunstzweige leben davon, wobei man sich oft ohnehin nicht sicher ist, ob die Spinner jetzt vor oder hinter der Staffelei sind, vor oder auf der Bühne, aber ich schweife ab.

Jedenfalls ist dieser Mann Priester, und so sind wir von Gott jeder auf unsere Weise für das Alleinsein vorherbestimmt, aber er leidet darunter nicht, und ich — das habe ich beschlossen — werde das auch nicht mehr tun. Ich habe aus dieser Freundschaft, allein durch die Tatsache, dass dieser Gottesmann immer ein offenes Ohr hat, obwohl ich als exprotestantischer Heide eigentlich gar nicht in seinen Wirkungskreis falle, tatsächlich schon viel gelernt, nicht nur über Glaubensfragen: Dafür bin ich dankbar.

Auch bekam ich dadurch vor Augen geführt, wie sehr es sich lohnt, seine Vorurteile gegenüber bestimmten Menschen oder Berufsgruppen einfach abzustreifen und sich auf das Neue einzulassen, das Unbekannte, das Exotische oder insgeheim Belächelte.

Mich brachte die vorsichtige, unter anderem durch eben diese Freundschaft initiierte Wiederannäherung an Gott beispielsweise zu folgenden Erkenntnissen:

Der Mann, den ich zuletzt gerne als Partner gehabt oder zumindest dahingehend näherer Betrachtung unterzogen hätte, interessiert sich nicht mehr für mich? So weit, so schlecht. Aber er hat Gründe, über die ich keine Herrschaft habe, die mich nichts angehen, und mein Schmerz, mein Gekränktsein darüber ist allein mein Schmerz und meine Eitelkeit, es ist nicht seine Schuld. Es ist auch nicht meine Schuld oder die Schuld des Ozeans, des Mondes, oder irgendeiner höheren Gewalt. Es ist auch keine Strafe Gottes für meine unzähligen Sünden. Es ist einfach. Ich muss ihn ziehen lassen und es hinnehmen. Ich denke an die positiven Dinge, die dieser Mann in mir bewirkt hat, an die Inspiration und die Erinnerung daran, dass ich doch noch lieben kann. Und ich bin dankbar.

Jemand, die ich für eine Vertraute hielt, denunziert mich und löst damit eine Kette unschöner Dinge aus, gegen die sich zu wehren viel Kraft kostet? So weit, so schlecht. Aber immerhin zeigt mir der Kampf, was in mir steckt. Zeigt mir der Fall, dass der eingeschlagene Weg so oder so nichts Gutes bewirkt hätte. Erkenne ich: Es war gut so, wie es war. Weiß ich: Ich mag falsche Freunde gehabt haben, aber ich habe auch echte. Freunde, die mir sofort und in einer derart unaufdringlichen Weise helfen, dass ich mich nie entmündigt oder entwürdigt fühle, nie als Almosenempfänger, obwohl sie mir vieles schenken. Und ich bin dankbar.

„Das ist nicht das Ende" sagte Churchill, „es ist nicht einmal der Anfang vom Ende!" Und wenn der olle Church etwas konnte, dann waren es wohl Durchhaltesprüche: „Wir werden diese Insel verteidigen, mit allen Mitteln!" — Natürlich sprach er damals nicht von Langeoog, und ich will hier nicht kriegsverherrlichend wirken, aber genau dieser Satz half mir dann letzten Endes doch: Beim Hierbleiben. Beim Überleben. Und ich war dankbar.

Man is not made for defeat.

Es ist nicht immer einfach im Paradies, und die letzten Wochen waren es ganz und gar nicht. Aber nun, denke ich, ist alles in Form gefallen. All das Chaos fügt sich wieder zu etwas Neuem, Wunderbaren zusammen. Die Trümmer sind beseitigt. Der Frühling steht vor der Tür.

Noch sind die Bäume kahl, aber wenn der März kommt und sich die ersten Knospen zeigen, werde ich sehen, wohin mich der neue Weg führt. Ob es gut ist. Ob er zu mir gehört. Ich werde annehmen, was kommt. Ich habe Vertrauen, denn ich weiß, dass ich nicht mehr verlieren kann.

Natürlich kann ich nach wie vor Geld verlieren, geliebte Menschen oder meine Gesundheit. Ich werde es sogar, das ist der unvermeidlich grausame Lauf der Welt. Der Herr gibt es. Der Herr nimmt es.

Gott nimmt mir nicht die Arbeit ab. Nicht die Trauer. Und nur mit viel Anstrengung meinerseits den Zorn. Aber ich weiß, dass ich zugleich auch immer Trost finden werde, Kraft und Gerechtigkeit. Ich vertraue.

Und mit der berühmten *little help from my friends* wird auch dieses Jahr noch ein Gutes. Ich gebe dem Jahr und mir eine Chance: Wir haben nur dieses eine Leben, denke ich. Wir sollten es gut behandeln.

Wanderer

Nach Tagen des Einheitsgraus klart der Himmel auf. Ich betrachte den Holunderzweig auf meinem Küchentisch, er treibt erste Knospen. Ich fand ihn nach einem Sturm halb abgerissen, aber es war noch Leben darin. Also nahm ich ihn mit. Nun schlägt er hier in einer Vase Wurzeln und zarte Blätter in diesem unvergleichlichen Frühlingsgrün recken sich dem Licht entgegen. Vielleicht kann ich ihn später einpflanzen, denke ich, dann habe ich einen Holunderstrauch, und er wird erst Blätter treiben, dann Blüten, dann Früchte.

Wenn doch alles nur so verlässlich abliefe wie die Natur, all das Werden und Vergehen, all das Verblühen und Verkümmern. Das sichere Wissen, dass auf die Winterkälte mit ihrer schier endlosen Dunkelheit tatsächlich das Licht folgt, die Wärme, die unbändige Kraft all dieses aus der Tristesse hervorbrechenden Lebens. Ich hab den Frühling so lange ersehnt.

Mein Leben ist gut, denke ich, die Hände am sonnengelben Kaffeebecher wärmend; die Winterdekoration habe ich längst weggeräumt. Am Ende meiner Straße ist das Meer. Ich werde für Dinge bezahlt, die ich liebe. Und dennoch ist sie da, diese seltsame universelle Traurigkeit über jene Bereiche, in denen wir keine Macht über die Jahreszeiten haben. In denen wir nicht wissen können, ob eine Ahnung von Sommer nicht nahtlos in einen dunklen Winter mündet, in dem wir ziellos durch nasse Straßen voll dreckigen Schneematsches wandern. Winter, Frühling, Sommer, Herbst: Das funktioniert so nicht in der Liebe.

Ich zerre mich aus den Gedanken ins Jetzt und mache mich auf zum Deich.

Ich nehme keine Uhr mit und auch sonst nichts, was mich an die Welt bindet: keine Musik, kein Telefon. Das langsame Wolkentreiben über mir ist der einzige Indikator für die vergehende Zeit, außer den Schritten, die ich setze, einen nach dem anderen. Der Schnee ist getaut, nur auf den Dünengräsern glitzert noch Raureif, dazwischen Reste von Hagel. Ich hinterlasse keine Spuren. Aus einer Weide stiebt ein Schwarm Grünfinken. Ab und zu lugt die Sonne aus einem Wolkenloch; ihre Strahlen wärmen bereits. Das Moos am Wegesrand zeigt, wie mein Holunderzweig, erste hellgrüne Triebe.

Warum wandert man eigentlich, frage ich mich, wo es doch eigentlich nicht produktiv ist. Ich meine jetzt natürlich nicht jene Arten des Wanderns, die einem Sport gleichen, mit akribisch ausgearbeiteten Routen und zu bewältigenden Höhenmetern, mit Stöcken, Steigeisen und sonstiger Ausrüstung. Mit Zielen und Ehrgeiz.

Ich meine eher das „Spazierengehen", das rein müßige Treibenlassen durch die Natur, einhergehend mit der stillen Beobachtung zufälliger Dinge, die den Weg oder auch nur die Gedanken kreuzen. Warum machen Menschen sowas, warum mache ich das? Und warum ist so etwas, nüchtern betrachtet, Nutzloses dennoch jedes Mal so unglaublich bereichernd und heilsam, egal, wie deprimiert man loszog? Ich liebe das vermeintlich sinnlose Streifen durch die Natur, das Einwirkenlassen von Farben, Tönen, Gerüchen, von Wind und Wetter. Es klärt Seele und Geist, man kann dabei Gott begegnen oder sich selbst. Und manchmal trifft man auch andere.

Heute sind kaum Menschen unterwegs. Als ich das Gatter am

Schart öffne und den schmalen Weg auf der Deichkrone betrete, bin ich allein mit den Salzwiesen und ihren Bewohnern. Die Windräder auf dem Festland sind nur schemenhaft zu erkennen. Auf den Feldern am Fuße des Seedeichs sammeln sich Gänse. Ihre Rufe dringen mit dem schwachen Westwind zu mir, kaum mehr als eine Ahnung. Die Sonne steht bereits tief im Westen. Ein Turmfalke rüttelt über seiner Beute.

Niemand sonst ist zu sehen. Nur ganz in der Ferne, ein kleiner Punkt noch und von Süden kommend, ist eine Person zu erkennen. Auch dieser Mensch wandert entlang der Deichkrone, und ich werde ihm begegnen müssen, auf diesem schmalen Pfad ist das unvermeidlich. Ich denke daran, wie der Deich im Sommer aussieht, wenn länger das Gras nicht gemäht wurde, wenn Hummeln im blühenden Klee summen und herumflatternde Schmetterlinge ihre Schatten auf die sonnenwarmen Steine des Pfades werfen. Wenn mächtige Vogelformationen über die Insel ziehen, Kiebitze über den Äckern turnen und die Möwen, Rotschenkel und Austernfischer in den Salzwiesen ihre zart fiependen Jungen beschützen. So viel Leben auf jedem Quadratmeter. Heute steckt das Leben noch im Winterschlaf; die Düsternis der vergangenen Wochen ist nicht vergessen.

Der Mensch kommt näher, es ist ein Mann. Er ist groß und schlank, fast dünn, aber nicht schwächlich, die Statur eines Tänzers. Sein Gesicht ist schmal und klar konturiert. Er hat nicht die klassische Schönheit eines Models, aber einige hübsche Details, die ihn in der Gesamtheit attraktiv wirken lassen. Seine Augen haben im kühlen Januarlicht das Blau von Rotkehlcheneiern. Haare und Bart sind ein vom Winter verdunkeltes Blond, nahezu ein Braun. Das Gold des Sommers ist Geschichte. Seine Haare sind dicht und schön wie aus der Shampoowerbung, aber man sieht sie heute nicht; er verbirgt sie unter einer Mütze. Ich weiß das, weil ich den Mann kenne. Ich habe zu lange auf ihn gewartet.

Und nun werden sich unsere Wege vermutlich das letzte Mal kreuzen; nein: Nicht einmal kreuzen. Wir setzen sie fort, in entgegengesetzte Richtungen. Und wieder einmal werde ich feststellen müssen, dass physische Präsenz nicht zwangsläufig Nähe bedeutet. Dass man sich treffen kann, ohne sich zu begegnen, egal, wie anders es sich anfangs auch angefühlt haben mag.

Es liegt kein Erkennen in seinen Augen. Er wusste, dass er in meiner Welt willkommen ist, darum ist er jetzt hier. Aber er nimmt mich nicht mit in seine. Er geht so nah an mir vorbei, dass ich das Rascheln des Stoffs seiner Jacke hören kann, seine Schritte. Hielte ich nicht vor Aufregung die Luft an, könnte ich ihn riechen. Ich werde unsichtbar.

Ich würde gerne mit dem Mann sprechen, ihn wenigstens grüßen, aber ich bringe es nicht fertig. An der winzigen Ausweichbewegung, mit der er sich den Weg an mir vorbei bahnt, erkenne ich sein Fremdeln; hielte ich ihn jetzt auf, würde er feindselig. Er wandert allein, und das soll auch so bleiben: Es gibt nichts mehr daran zu deuten.

Ich sehe ihm nach. Die Farben seiner Kleidung verbluten im Dunst der heraufziehenden Dämmerung. Aus seinem Rucksack ragt eine Querflöte. Die Erinnerung an schlanke, virtuose Finger kratzt am Herzen. Die Erinnerung an Träume von Strandkörben, Fjorden, Wäldern, Burgen. Die Hoffnung auf Frühling. Ich weiß nicht, wovon er heute träumt. Ich will es nicht wissen. Langsam finde ich in die Realität zurück.

Der Hafen ist nah. Ich höre das Horn der Fähren: An- und Abreise, Willkommen und Wiedersehen, Anfang und Ende, Hallo und Tschüss.

Ich mag mich dem Drehen der Welt jetzt nicht aussetzen. Also stehe ich einfach noch eine Weile auf dem Deich und beobachte die Seevögel auf den Wasserlachen, wie sie sich gegen die Kälte zusammendrängen.

Schatten

Der Mann verschwand wie ein Schatten, während die Farben der Landschaft in der heraufziehenden Nacht verblichen. Das war es also, denke ich. Nicht, dass es nicht abzusehen gewesen wäre; es war nur eine Frage der Zeit, bis er ging.

Dennoch komme ich nicht umhin, mich zu fühlen wie ein zurückgegebenes Weihnachtsgeschenk. Begeistert empfangen, aber dann, nach näherer Begutachtung, ungeliebt und für nutzlos befunden. Es wird kein Wir mehr mit diesem Menschen geben, es gibt nicht einmal mehr ein Du. Der Schatten hat sich aufgelöst, nichts bleibt zurück.

„Sei Du selbst", konstatierte einst Oscar Wilde, „alle anderen gibt es schon". Das ist richtig. Aber manchmal ist der Preis, den man für das Selbst-Sein zahlt, sehr hoch. Das wusste auch der irische Dichter: Schließlich wurde er dafür, dass er dem, was er fühlte, und dem, den er liebte, nicht abschwor, ins Gefängnis gesteckt, wovon er sich nie mehr erholte. Mich steckt niemand für mein Selbst-Sein hinter Gitter. Vielmehr ließ ich den Kerker hinter mir, verließ die Bühne und all das Theater. Aber auch ich zahle.

Der Mann liebt das Theater. Und jetzt ist er verschwunden, irgendwo dort, in dieser weiten Ansammlung von Grün zwischen Weinbergen und erloschenen Vulkanen, und die Gefühle für den Mann tropfen zäh aus meinem Herzen, schwerfällig wie der Name seines Bundeslands, in dem ich nie war und das mir ferner nicht sein könnte. Sein Heimatdialekt zieht durch meine Erinnerung, diffus wie Nebelschwaden, ein breit und weich getretener Singsang, nicht gerade sexy und recht konträr zur wettergegerbten Schroffheit des Ostfriesischen, die sich mit knarzendem „R" und Sätzen wie Schüssen bemerkbar macht. Nichts davon hört man zwischen den Vulkanen, den Weinbergen oder in der Stadt, in der die Flüsse zusammenfließen, worüber ein deutscher Kaiser wacht. Hier wachen die Leuchttürme. Deutsche Bucht statt Deutsches Eck: So sei es.

Ich liebe meinen Norden, und es gibt und gab keinen Mann, keinen Umstand, der mich hier wegbrächte. Aber sporadisch hätte mich einlassen können auf das Fremde, das Unbekannte. Ich hätte es liebgewinnen können, nicht trotz, sondern wegen seiner Andersartigkeit. Niemandem schadet es, so heimatverbunden er auch sei, seinen Horizont zu erweitern, und wie gelänge das besser als mithilfe der Liebe?

Ich zähle, um mich zu trösten, all die Vorteile auf, die das Verschwinden des Mannes mit sich bringt. All das Geld, das ich mangels Fernbeziehung spare. All die Sorgen, die ich mir nicht mehr machen muss. All die Namen, Orte, Geschichten, die ihn ausmachen und die ich jetzt nicht mehr lernen muss. Meine und seine Vergangenheit, all das, was uns prägte, muss nicht mehr arrangiert werden, um die Basis für eine gemeinsame Zukunft zu legen, denn diese Zukunft haben wir nicht.

You don't know what it's like, when you're new to the game / but I'm not, singen die Kaiser Chiefs, und so ist es, daher sollte ich es nicht schwer nehmen: *been there, done that*, mehr als genug. Liebe ist kein Wettbewerb. Niemand gewinnt. Und darum gibt es eigentlich auch keine Verlierer.

Dennoch: Ich bin zu alt für den Scheiß. Man hat es so durch irgendwann, man wird blind für den Anfang und taub für das Ende. Manchmal beneide ich meinen lieben Freund S., den Priester, darum, dass er dem Zölibat unterworfen ist. Der hat wenigstens eine triftige Ausrede dafür, sich von all dem fernzuhalten, denke ich dann, der muss sich nirgends dafür rechtfertigen, warum er niemand Weltlichen hat. Ich habe diese Ausrede nicht; und natürlich weiß ich, dass die Eltern gern einmal wieder jemanden an meiner Seite sähen und die wohlgesonnenen Freundinnen und Freude auch. Aber ich muss die Liebe woanders finden.

Im Fernsehen und im Internet hagelt es Werbung für den Valentinstag und den nahenden Frühling. Auch der Name des Städtchens, in dem der Mann geboren wurde, klingt nach Maiglöckchen und Frühling, erinnere ich, und ich denke an all die schönen Träume von einem Eintauchen in seine Welt, an blühende Felder im Schatten einer Burg, an lange Spaziergänge, an in Herbstfarben entflammte Wälder und blaues Eis auf mäandernden Flüssen.
Wenn ich nun allein über meine geliebte Insel streife, denke ich oft an das, was ich ihm noch zeigen wollte. An all das, was ich liebe; all das, von dem ich hoffte, dass er es auch lieben würde, und dass es ihn noch näher zu mir brächte.
Mein Blick schweift hinunter zum Deich, nach Süden. Dort gäbe es eine Fähre, einen Zug. Er könnte in fünf Stunden hier sein, wenn er jetzt losführe.
Es gibt noch eine Verbindung zwischen den Orten, ja. Aber es gibt keine mehr zwischen uns. Ich gebe ihn auf.

Auf Tjard-sin-Utkiek blicke ich hinunter auf das Land, das ich liebe. Die Zeit der Stürme ist vorbei, bald werden die Dünenabbrüche am Strand eingeebnet sein. Wir haben ihn bald geschafft, den Winter, denke ich. Wir haben ihn doch immer geschafft.

Plan B

Tapfer recken meine Primeln, Hyazinthen und Narzissen Ihre Köpfchen und Blätter dem fahlen Licht entgegen, das durch das Kellerfenster fällt. Die ihnen eigentlich zugedachten Plätze auf dem Balkon sind verwaist. Ich kaufte sie in einem Überschwang von Frühlingsoptimismus; an einem Wochentag, an dem es bereits so warm war, dass ich sogar in Erwägung zog, die Winterjacke in den Keller zu schaffen. Dann kam der Frost zurück, und anstelle der Jacke wanderten die Blumen in den Keller. In zwei Tagen hole ich sie wieder hoch, dachte ich, aber es wurde eine Woche Dauerfrost daraus, ich weiß nicht, wie lange der noch anhält.
Mit leichter Betrübnis blicke ich auf die leeren Balkonkastenhalterungen, während feiner Schneegraupel über die verbliebenen, winterharten Pflanzen peitscht, und komme zu der Erkenntnis: Frühling ist eben nicht planbar. Egal, wie sehr man ihn sich herbeisehnt.
Auf dem täglichen Weg zum Strand wird es bitterkalt. Ich kehre in eines der beiden Restaurants ein, die direkten Meer-

blick bieten, damit ich das Wasser wenigstens noch sehen kann, wo es schon draußen nicht mehr auszuhalten ist. Im Sommer sind diese brechend voll, aber jetzt geht es und ich bekomme sogar einen Platz direkt am großen Panoramafenster. Ein Turmfalke ist über der Düne auf Beutezug; er rüttelt so nah über dem Fenster, dass ich sein schönes, rostbraunes Gefieder sehen kann.

Ich lasse mir 24 Stunden lang gegarten Rinderschmorbraten auf der Zunge zergehen, vom Langeooger Weiderind. Es schmeckt sehr gut, und Unternehmen, die auf Erzeugnisse aus der Region setzen, unterstütze ich grundsätzlich gerne, aber dennoch hoffe ich, dass ich nicht genau diesem Rind des Sommers in die Augen blickte. Es ist schon manchmal ein Dilemma: Ich mag Tiere. Aber ich mag sie auch essen.

Im Herbst gibt es hier immer Wildwochen. Jeder kennt die Fasane, die treuherzig alle naselang die Spazierwege kreuzen und durch die Vorgärten flanieren. Und jeder kennt die Hasen, die besonders gern in der Dämmerung oder in den frühen Morgenstunden über die Straßen flitzen; dabei so manchen Radfahrer erschreckend. Es sind schöne Tiere, die aber keine natürlichen Fressfeinde haben: Es gibt keine Füchse auf Langeoog, und nicht allzu viele Greifvögel. Und so werden die Hasen und Fasane hier zur Bestandsregulation bejagt.

Ich ahnte, dass die Dinge schiefliefen, als der Mann, für den ich mich zu jener Zeit begeisterte, sich darüber fürchterlich echauffierte. Er wäre ja einerseits gern nochmal im Herbst auf die Insel gekommen, andererseits: Was hätte er nicht soeben GRAUSAMES und UNSÄGLICHES über die Jagd auf Langeoog lesen müssen! Die armen Häschen! Auf einen dergestalt blutbesudelten Flecken Erde könne man nicht mehr reisen, auf gar keinen Fall!

Ich erinnerte mich an kurz zuvor von ihm gegrillte Steaks und mutmaßte, dass auch diese Viecher nicht zu Tode gestreichelt wurden — aus Harmoniegründen verkniff ich es aber, auch ihn daran zu erinnern. Und so schlug ich, den gemeuchelten Feldhasen zu Lebzeiten gleich, den ein oder anderen Haken des geduldigen Erklärens in Sachen Überpopulation, ökologisches Gleichgewicht und so fort. Auch erläuterte ich, dass man hier nicht einfach einen Fuchs aussetzen könne, weil der auch an die Gelege der seltenen Brutvögel ginge, und so müsse man Prioritäten setzen. Natürlich sei es diskutabel, was der Mensch überhaupt auf so einem empfindlichen Fleckchen Erde verloren habe, und warum sich dieser grundsätzlich als Krone der Schöpfung begriffe, aber *Homo sapiens sapiens* wohne nunmal ebenfalls bereits seit ein paar Jahrhunderten auf Langeoog und verteidige lediglich diesen Lebensraum: Wie jedes andere Tier auch.

Ferner vermied ich auch, den Mann daran zu erinnern, was seine geliebte Katze nicht alles an Vögelchen (die ich wiederum liebe) und anderen Tieren gemeuchelt habe, denn spätestens dann hätten wir uns im Kriege befunden, wenn auch mit

vorerst anderen Waffen als jenen, die mir heute den Rinderbraten ermöglichten.
Natürlich wünsche ich im Grunde jedem Lebewesen, inklusive den Fasanen und Feldhasen und mir, irgendwann friedlich an Altersschwäche zu sterben, und selbstverständlich kann man über die Notwendigkeit des Fleischessens als solche diskutieren, aber selbst wenn ganz Langeoog zum Veganismus überliefe: Einige Tiere müssten geschossen werden, so oder so. Und jetzt werden sie immerhin noch gegessen.

Der Mann leerte noch einen großen Kübel Verbaljauche über die Langeooger Jäger und zog sich dann schmollend nach Passiv-Aggressivistan zurück; mich fortan in den Reihen der marodierenden Mörderbanden vermutend. Ich widersprach nicht. Der Mann im Haus gegenüber jagt auch, sagte ich noch. Aber er hat mir umsonst mein Fahrrad repariert und grüßt immer nett. Dieses Argument indes, nunja: verpuffte. Der Mann schwieg.
So entzweit man sich also über verdammte Hasen, dachte ich, und überlegte kurz, ob so ein Jagdschein nicht eine feine Sache wäre: Aus Trotz.
Letztendlich, denke ich, war dieses Theater wohl auch nur ein willkommener Vorwand, um nicht mehr herkommen zu müssen; ein inszeniertes Provinzdramolett, hübsch drapiert um einen vermutlich aufrichtigen, aber durchaus befremdlichen Kern der Entrüstung. Man schafft es ja immer, sich Din-

ge und Menschen schlechtzureden, wenn man es nur genug will. Niemand beendet gern Dinge grundlos. Und so schafft man sich Gründe, wenn nicht wirklich welche da sind oder man sich die wahren Gründe nicht eingestehen möchte: Dessen sind und waren wir wohl alle irgendwann mal schuldig.

Umgekehrt funktioniert das leider auch. Wir lernen jemanden kennen und denken anfangs „naja", weil eigentlich nicht mein Typ u.s.w., aber dann will man sich unbedingt verlieben, um zu sehen, ob das noch geht und um einen anderen zu vergessen, und dann sieht man genauer hin und findet das Schöne, das Gute, das Begehrenswerte überall, weil man es finden will. Das ist wie mit den Frühlingsblumen: Wenn ich sie kaufe, wird es warm. Ganz sicher. Wenn ich ihn liebe, wird es schön. Ganz sicher.

Für eine Weile klappt das auch, aber dann kommt der Frost zurück und wir stehen da. Und sind froh, wenn wir einen Keller zum Überwintern haben, wenigstens für die Blumen. Für die Gefühle zwischen dem Mann und mir indes gab es keinen Platz mehr: Sie erfroren, kaum erblüht.

Der Falke schwebt erneut nah an der Fensterfront vorbei.
Mein lieber Freund F. aus Berlin hat Eichhörnchen. Oder, vielmehr: Die Eichhörnchen haben ihn, denn es gibt wohl kaum einen Menschen, der dem Charme dieser plüschigen Gesellen mit den Puschelohren nicht verfiele, wenn sie ihn so regelmäßig auf seiner Terrasse besuchten wie sie es bei F. zur

Gewohnheit haben. Dieser Tage, berichtete F. besorgt, kam eines der Hörnchen nicht wieder. Er befürchtete, ein Falke habe es geholt; er habe den Vogel selbst gesehen, und natürlich war er darüber untröstlich. Zur Beruhigung vorweg: Das Nagetier erfreut sich des Lebens, aber umso bewundernswerter fand ich die Haltung des Freundes. Denn tatsächlich war auch dieser, trotz der Sorge um seinen kleinen Fellfreund, noch großherzig genug, um zu sagen, dass er Greifvögel trotzdem mag und wisse, dass das Natur sei. Und diese nähme nunmal keine Rücksicht auf Niedlichkeit. Und dass es schön sei, dass auch in der Großstadt noch so eine Artenvielfalt herrsche, dass man überhaupt Falken fände und Eichhörnchen, Schwanzmeisen und Spechte, all das inmitten von Berlin; in der Nähe eines Platzes, der für Vorbeilaufende meist nur aus Dönerbuden, einem berüchtigten U-Bahnhof, Plattenbauten und herumlungernden Dealern besteht.

Das hat Eier, denke ich bewundernd, und sehe — ebenfalls mit Bewunderung — dem eleganten Raubvogel zu, wie er weiter seine Runden dreht. Derweil verwäscht sich die Sonne über dem Meer in grauroter Dämmerung.

Nächste Woche ist Valentinstag. Ich machte mir nie etwas daraus, weil ich denke, dass man auch Romantik nicht planen kann, ebensowenig wie Liebe oder den Frühling. Mir persönlich graut es auch vor inszenierter Romantik wie rosenblätterbestreuten Bettdecken, und die leider auch auf der Insel allgegenwärtigen „Liebesschlösser" an Geländern treiben mir regelmäßig den Blutdruck in die Höhe, weil ich schöne Geländer liebe und diese kitschigen Rostklumpen daran nicht sehen will. Ihr seid doch eh schon alle wieder geschieden, denke ich dann oft, wenn ich missliebigen Blickes daran vorbeilaufe, auch wenn das natürlich gemein und sicher nicht in jedem Falle die Wahrheit ist. Vielleicht bin ich auch einfach kein besonders romantischer Mensch, aber ich erinnere durchaus Situationen, die ich als romantisch empfand: Keine von diesen indes war geplant.

So erinnere ich zum Beispiel, als ich noch in Bayern lebte, einen Ausflug zum Ammersee. Die Begleitung war eigentlich nur ein Freund, jemand, mit dem ich mich aufgrund seiner Intellektualität gern unterhielt. Es war ein brütend heißer Hochsommer, und die alten Bäume entlang des Ufers dampften noch von einem vergangenen Regenguss, als plötzlich erneut ein nahezu tropisch anmutender Platzregen einsetzte. Das Auto war weit, jeder Unterstand auch, und so sahen der Freund und ich — nach Sekunden schon nass wie die Hunde — uns einfach nur an und lachten. Und dann küssten wir uns, den ganzen infernalischen Regenschauer lang. Danach war der Zauber vorbei; wir knüpften nie daran an und sprachen auch nicht mehr darüber, man war halt jung, mehr oder weniger. Aber das zum Beispiel, denke ich heute, das war romantisch.

Und deshalb bin ich vielleicht auch nicht scharf aufs Heiraten. Auch das ist mir zu viel geplante Romantik, zu viel

Druck dahingehend, dass es dieses Mal gut werden, dass es jetzt funktionieren muss.

Ich weiß daher nicht, warum ich auch heute noch zuweilen in diese Falle gerate, wenn ich jemand kennen lerne: Die Falle der eigenen Ansprüche an das Gelingen von Liebe. Aber Liebe ist halt kein Kuchenrezept, so läuft das nicht.

Tatsächlich war für mich auch eher Romantik, wenn ich nach Nächten in Berliner Dunkelkammern in desolatem Zustand heimkehrte (ich war mal jung, ich erwähnte es), den einen, mit dem ich eine offene Beziehung pflegte, schlafen sah, und dann dachte: Ich gehöre nur dir, egal, wann, wo, und mit wem. In diesen Momenten ging er auf, der warme, süße Kuchenteig der Liebe — allen vermeintlich unromantischen Rahmenbedingungen zum Trotz.

Hör auf zu planen, sage ich mir also, als ich erneut nach meinen Kellerkindern, den Frühblühern, sehe. Es ist eine Binsenweisheit, aber es kommt sowieso immer anders als man denkt. Und oft genug fällt man dabei nach oben. Die Blumen werden überleben. Und der Frühling kommt, so oder so. Ich muss nicht darauf warten.

Ansprüche

Der Kerl mag Katzen und Karneval, denke ich, ich hätte wissen müssen, dass das nichts wird. Und doch erinnere ich mich, wie stolz ich war; wie sehr ich mir geradewegs auf die

Schulter klopfte dafür, dass es mir endlich einmal gelungen war, meine Ansprüche herunterzuschrauben. Dass ich heroisch Katzen und Karneval tolerierte, weil in der anderen Waagschale dafür schöne Haare, schönes Schriftdeutsch und eine Querflöte lagen.

Denn ist die Sache mit den Ansprüchen nicht stets die erste, welche einem als notorischer Junggeselle zum Vorwurf gemacht wird? „Du hast zu viele Ansprüche" — So tönt es doch allerorten.

Natürlich verneine ich das in der Regel. Durchaus habe ich gewisse Idealvorstellungen. Aber der einzige, wirklich nicht verhandelbare Anspruch ist lediglich dieser: Ich will in den potentiellen Lebensabschnittsgefährten verliebt sein. Und von welchen Faktoren mein Hormonhaushalt das wiederum abhängig macht, kann ich nicht beeinflussen.

Tatsächlich ist es auch so: Ich kenne viele Männer. Darunter auch viele, die schön, intelligent, eloquent, musisch veranlagt, kreativ, sinnlich, und, und, und sind. Trotzdem verliebe ich mich nicht in jeden davon. Ich weiß nicht, welches Quäntchen „Gewisses Etwas" letztlich dazu führt, dass ich jemanden nicht nur bewundere und gern habe, sondern ihn mir auch als Partner vorstellen könnte.

Dennoch entspricht das mit dem einzigen Anspruch nicht ganz der Wahrheit, auch wenn ich das gerne behaupte. Es gibt sie ja doch, diese Liste im Kopf, die ich im Geiste bei jedem Kennenlernen abhake, und vermutlich bin ich nicht der

Einzige, der das macht. Was ich inzwischen sicher weiß, ist außerdem das: Die Ansprüche werden nicht weniger. Irgendwann weiß man halt, was funktioniert und was nicht. Erlag ich früher noch regelmäßig der Faszination des Gegensatzes, so weiß ich heute: Der Mann sollte mir möglichst ähnlich sein. Nicht, weil ich mich selbst so toll fände, sondern weil es einfach am wenigsten Konfliktpotential birgt, wenn die im Laufe eines Lebens zugeflogenen Meisen möglichst miteinander kompatibel sind. Aber natürlich muss man auch immer Kompromisse machen.

Und so strich ich also auch beim letzten Mann bisherige Ausschlusskriterien (hier: „Über 1,85m", „Katzen" und „Karneval") von meiner Liste, und wandte mich dafür jenen Eigenschaften zu, von welchen ich mir Ausgleich erhoffte.

Es hat trotzdem nicht funktioniert, und rückblickend überwog dann doch die Unsexiness der Karnevalssache und dass ein Leben mit Mann und Katze zwar möglich, aber sinnlos gewesen wäre. Kurz: Ich bin drüber weg.

Und nun stehe ich da und füge all diese Dinge der No-go-Liste wieder zu, wohl wissend, dass es im Grunde absurd ist: Denn selbst wenn ich nun einen mir ähnlichen, also ähnlich großen, ähnlich bekloppten, ähnlich kreativen Mann mit ähnlichem Geschmack in Kleidungs- und Ernährungsfragen fände, der obendrein Karnevalshasser und Hundefreund ist, so wäre auch das noch lange keine Garantie dafür, dass daraus etwas würde. Nicht nur, weil die Gefahr bestünde, dass ich mich trotz perfekter Voraussetzung nicht verliebe, sondern vor allem, weil Liebe (oder auch nur eine erotisch konnotierte Zuneigung) nunmal nicht zwingend auf Gegenseitigkeit beruht. Was nützte es also, wenn ich den Mann perfekt fände, aber er mich nicht?

Mit etwas Verwunderung stelle ich fest, dass mich dieses Thema ausgerechnet an Altweiberfastnacht beschäftigt. Alaaf? — Am Arsch! Zum Glück herrscht auf Langeoog aber auch im Narrensektor paradiesische Ruhe: Es gibt lediglich einen unauffälligen Kinderkarneval und ansonsten geht der Insel das Treiben am Ostende vorbei.

Ich indes lasse mich heute durch die noch regennassen Straßen treiben, gegen den Wind gelehnt, während gewaltige Altocumulusfelder am Himmel einen Rest Blau umrahmen. Die sich gelegentlich Bahn brechende Sonne wärmt bereits fühlbar. Am Fuße der Hecken und Bäume gruppieren sich erste Schneeglöckchen. Es geht voran mit dem Frühling: Mein viertes Jahr auf Langeoog.

Nun setze ich die Insel in die Rückschau.

Auch hier gibt es natürlich Schatten in all dem Licht. Für manche Ereignisse ist „Schatten" sogar ein unerträglicher Euphemismus, vielmehr sind diese Dinge von so brachialer Hässlichkeit wie Pissflecken im Neuschnee. Aber irgendwann fällt der nächste Schnee darüber, und alles ist wieder weiß. Oder der Schnee schmilzt und Frühlingsgrün tritt an seiner statt. Die Liebe zur Insel ist jedenfalls geblieben, jenseits jeden Zweifels. Jeder Blick, den ich über die Insel schweifen lasse, jeder Gedanke daran, jede ziepende Sehnsucht nach diesem herrlichen Fleckchen Erde, wenn ich unterwegs bin, führt es mir wieder vor Augen: Es ist richtig, dass ich hier bin.

Was Langeoog betrifft, so gibt es keine Not zur Modifikation von Ansprüchen, weil jeder Maßstab, den ich an die Insel läge, ohnehin immer wieder übererfüllt würde. Die Insel ist und bleibt ein tägliches Geschenk.

Und irgendwann, denke ich, gibt es auch wieder jemanden, dem ich einen Teil davon weiterschenken will, und der das auch annimmt. Der die Insel ebenso liebt wie ich. Der ihre Strände nicht als Begrenzung sieht, sondern erkennt, dass gerade dieser Mikrokosmos den Blick in so unendlich viele neue Richtungen lenken kann.

Und vielleicht ist dieser Mensch dann ja tatsächlich einmal so toll, dass es sogar trotz Katze funktioniert. Nur mit dem Karneval — da wäre ich mir jetzt wirklich nicht sicher.

Freigelegt

Während sich im Nordosten der Insel noch persilweiße Cumulusberge auf strahlendem Blau türmen, wälzt sich von Westen her eine graue Regenwand heran. Es ist frühlingshaft mild, und nach all den endlosen Wochen des Sturms weht der Wind nur noch in mäßig frischen Böen. Ein guter Tag zum

Draußensein, denke ich, als ich zum Flutsaum hinunterlaufe, und unzählige andere tun es mir gleich: Die Insel füllt sich früh dieses Jahr.

Es ist Anfang März. In wenigen Tagen werde ich 41. Das vierte Jahr auf Langeoog. Ich bin froh über jedes Jahr hier und über jedes Mehr an Lebenserfahrung. Und ich möchte, auf Langeoog wie auch im Leben, weder die Sonnenstunden, noch die Regenwolken und Stürme missen. Denn im Grunde waren es doch immer die Stürme, die Wolkenbrüche, die Umbruchphasen und vermeintlichen Katastrophen, welche das im Verborgen liegende Schöne freilegten — eine neue und bessere Zukunft, die sich letzlich wie ein Edelstein aus all dem Chaos schälte. So war es in meinem Leben schon oft. Und doch gibt es etwas, mit dem ich hadere.

Es brauchte einiges an Zeit und viele Gespräche mit anderen Männern, bis ich das zugeben konnte, ohne meine Identität in Frage gestellt zu sehen, aber tatsächlich ist die Sache wohl alles andere als geschlechtsspezifisch. Männer und Frauen hadern damit, genderfluide Personen vermutlich auch, Singles ebenso wie Menschen in Beziehungen, sogar katholische Priester hadern damit, obwohl man als solcher auf dem Fleischmarkt ja nicht einmal mehr in der Auslage sitzt. Es ist die Zeit, die am Äußeren nagt: Der Verlust von Schönheit und Jugend.

Dabei kenne ich so viele Menschen, denen das Altern steht. Die früher vielleicht hübsch waren, aber jenseits der 40 erst sexy wurden, weil sie an Charisma gewannen, an Ecken und Kanten, die ihnen das Leben aufgestempelt hatte. Ich finde doch so viele ältere Menschen schön!

Und selbst wenn man früher, nach allgemeinen Maßstäben betrachtet, schöner war — war das denn ein Garant für Glück?

Was hatte es mir damals genutzt, zwar auf den ersten Blick begehrenswert, aber letztlich doch nie mehr als die beseelte Gummipuppe irgendwelcher frustrierter Mittvierziger gewesen zu sein, die Vampirismus an meinen Träumen betrieben mit all ihren hohlen Verheißungen und all dem Sirup, der mir ins damals noch naive und zunehmend waidwunde Herz gekippt wurde? Nichts, denke ich. Außer dem Wissen, was für eine Art von Mittvierziger ich nie werden wollte.

Und jetzt bin ich selbst bald Mitte Vierzig, aber Gottseidank tatsächlich frei vom Begehren, mir irgendetwas Junges zur Egopolitur halten zu wollen, in dessen Weichheit man all die schroffen Felsen, über welche einen das Leben so zieht, zumindest stundenweise vergisst, während die oder der gesellschaftstauglich Angetraute bei irgendeiner Charityscheiße oder sonstwo aushäusig weilt.

Dennoch setzt mir das Altern zu. An mir selbst (wenn auch nicht an anderen) stören mich die sich eingrabenden Falten, selbst wenn es nur solche sind, die durch den Blick in die Sonne und das Lachen entstehen, und mitnichten aus Kummer oder Zorn. Die nächste Praxis für Botox und Filler ist übrigens in Aurich: Verzweifelte Menschen googlen so etwas.

Der Wind greift in die mühsam zurechtgekämmten Haare, deren zunehmenden Verlust an Masse ich beim besten Willen nicht mehr verleugnen kann, stellt die mit Haarspray über die Kahlheit gelegte Strähne steil und lässt mich den Rest des Tages mit einer albernen Antenne herumlaufen, die ich erst beim Nachhausekommen bemerke. Karma!, denke ich, denn wie sehr hatten wir beim Konfirmandenunterricht damals gelacht, als den Pastor in der Zugluft der Kirchentür dasselbe Schicksal ereilte und er, sich des Haardesasters nicht bewusst, den Gottesdienst mit einem Fühler moderierte.
Umso erleichterter schaue ich jetzt um mich, denn jeder Mensch, der mir hier am Strand entgegentapst, ist auf irgendeine Weise erst einmal ein zerzaustes, rotnasiges Etwas, so als mache uns der ostfriesische Himmel auf eine angenehme Weise gleich; und zwar so, dass alle Standes- und Schönheitsgefälle für eine Weile verschwinden.

Es sind zuvörderst erst einmal alles Menschen, die das Meer lieben. Und ich liebe es, dieses eine, spezielle Lächeln zu entdecken, wenn jemand den Strandübergang betritt und das erste Mal auf das große, weite Blau vor sich blickt, den endlosen Strand, die glitzernden Priele. Dieses Lächeln auf dem Gesicht macht jeden Menschen schön. Auch ich erwi-

sche mich noch bei diesem Lächeln, immer noch, obwohl mir das Meer längst Alltag sein sollte, aber das ist es nicht. Sein Anblick ist immer noch der Frühjahrsputz für meine Seele, unabhängig von der Jahreszeit.
Es ist, als zöge die Schönheit der Insel für einen Moment all das Schlechte und Anstrengende von uns ab, all die Wunden des Lebens, das Altern und all die mühsam zurechtgezurrten Fassaden, welche wir im Alltag brauchen oder zu brauchen meinen. Dabei sind die meisten Menschen so viel schöner ohne Fassade. Und oft genug sind es doch gerade die kleinen Blessuren und Makel, die uns liebenswert oder überhaupt erst interessant machen.

Ich erinnere ein Gespräch, das ich die Tage mit einem Geschäftsmann führte, der mit seinem jungenhaften, rotwangigen Charme immer wie frisch gebadet wirkt, obwohl auch er schon Ende Vierzig ist. Dieser, nun wirklich immer sehr kultiviert und seriös wirkende Mensch, erzählte mir dann, wie er letztens einmal, nach einem Bierchen zu viel, auf allen Vieren neben eine tote Ratte in die Dünen gekotzt hatte — eine unsäglich entwürdigende Vorstellung, auch wenn er zur Ehrenrettung noch anzumerken hatte, dass die Ratte schon vorher tot gewesen sei.
Dennoch beschädigte diese Geschichte mein Bild von dem Geschäftsmann nicht; ganz im Gegenteil: Die Offenheit machte ihn menschlich und damit sympathisch. Und zu-

mindest mir erscheinen Menschen grundsätzlich um einiges aufrechter, wenn sie auch zugeben können, schon einmal am Boden herumgekrochen zu sein.

Kommen wir zu Donald Trump. Die Überleitung von der toten Ratte zu Donald Trump schreibt sich ja quasi von selbst, da nämlicher bekanntlich so ein Tier — in Wasserstoffperoxid gebleicht — auf dem Haupte zu tragen pflegt. Ich lege keinen Wert darauf, dass der POTUS unsere Insel mit einem Besuch beehrt, aber ein wenig reizt mich ja doch die Vorstellung, dass unser wunderbarer Nordseewind ihm jenes Tier vom Kopfe weht und ihn so zumindest von außen einmal so kahl und spärlich ausgestattet zeigt, wie er im Inneren wohl schon lange ist.

Mich ängstigt der Raubbau an Werten wie Ehrlichkeit, Freiheit, Bildung und Mitgefühl, der sich in der Politik dieses Menschen, aber auch in der vieler seiner Gesinnungsgenossen und -genossinnen in Europa zeigt. Ich bin immer für Wandel, ohne Wandel bewegt sich nichts, aber dieser Wandel beunruhigt mich, und er gibt mir — immerhin — einen weiteren Grund, mich mit dem Altern zu versöhnen: Ich muss die schlimmsten Nachwehen dieser sich abzeichnenden Entwicklung wohl nicht mehr erleben.

Ich denke zurück an das selige Lächeln der Menschen, die das erste Mal den Strand sehen, und weiß, wie leicht es einem hier fällt, all das da draußen für ein Schauspiel zu halten; mal mehr und mal weniger schlecht. Es rettet mich jeden Tag.

Die Wolkenberge ziehen im beachtlichen Tempo vorüber; offenbaren immer neue Lücken und Formen im Blau. Alles bewegt sich, denke ich besänftigt, und doch gibt es einem Halt und Heimat.
Und letztendlich bin ich auch froh über die Zeit, die verstreicht, allem körperlichen Unbill zum Trotz: Zeit, die heilt. Zeit, die reifen lässt. Zeit, die vergessen macht. Zeit, die befreit. Ich bin dankbar für die Jahreszeiten im Leben, die Stürme, das Hoch- und Niedrigwasser.
Viele Menschen träumen von einem Leben, in dem immer nur Sommer ist. Aber ich denke, dass ich das gar nicht so möchte. Ich möchte ein Leben, das dem ostfriesischen Himmel gleicht. Nicht monoton dahinplätschernd, sondern ein facettenreiches Farbenspiel, in wechselnden Tempi, mal strahlend, mal dramatisch, mit stets überraschenden Wendungen; nur schwer prognostizierbar und dennoch, alles in allem, einfach nur unbegreiflich schön.
Und ich will diese unermessliche Freiheit, wie sie nur der Inselhimmel verheißt. Tatsächlich, denke ich in einem Anflug von Überraschung, bin ich zurzeit so frei wie nie zuvor. Nicht nur, weil ich endlich flexible Arbeitszeiten habe, sondern vor allem auch, weil ich gerade mal wirklich niemanden liebe.
Das mag zunächst erbärmlich klingen, und natürlich umfasst das nicht die Liebe, die ich für Freunde, Eltern oder Tiere

empfinde. Aber ich bin frei von der Fremdbestimmung durch ein mehr oder weniger unglückliches Verliebtsein oder den traurigen Nachhall einer Liebe.

Der schöne Seemannssohn, mit dem die Ära Langeoog begann, ist zu lange her, um noch Gegenwart zu sein, und dessen potentieller Nachfolger war nie lange genug Gegenwart, um sich einen Platz in meiner Erinnerung zu sichern. Es ist wahr: Zum ersten Mal im Leben bin ich nicht verliebt. Es ist ein bisschen seltsam. Aber vielleicht gehört auch diese Erfahrung zum Älterwerden.

Der Wind flaut ab. Ich betrachte die nun ruhiger dahinziehenden Wolken, deren Ränder sich bereits im Farbspektrum der Dämmerung verfärben. Im Nachbarsgarten baden dicht an dicht die Schneeglöckchen im letzten Licht des Tages; die Köpfchen gesenkt in ihrem so unschuldigen, reinen Weiß.

Jever

Bayrische Klosterbrüder wissen, wo's guad is, auch wenn sie um Einiges hübscher aussehen als die braunbekittelten und beleibten Mönche, die uns die Bier- und Käsewerbung gerne als Inbegriff des lebens- und sinnesfrohen Ordensmannes zu verkaufen pflegt. Und so höre ich auf die Empfehlung eines Freundes, der als Pater des *Ordo Teutonicus* im Rennen um den ungewöhnlichsten Beruf in meinem Bekanntenkreis derzeit den Vogel abschießt, und begebe mich zum Abendessen ins Marienbräu zu Jever.

Klar, mag man denken, der Katholik an sich braucht halt irgendwas mit Maria, aber tatsächlich ist dieses friesische Brauhaus nicht nach der Gottesmutter benannt, sondern nach der letzten Regentin des Jeverlandes, Maria von Jever (1500-1575), die auch für den Bau des hiesigen Schlosses verantwortlich zeichnete.

Das Brauhaus ist angenehm modernisiert, streckenweise sogar fast elegant zu nennen, ohne jedoch Brauhaus-typische Urigkeit vermissen zu lassen. Es ist aber auch weder Altherrenspelunke noch ein auf pseudobayrisch getrimmter Hofbräuhaus-Klon, kurzum: Das Interieur gefällt.

Von einem schlichten, dunklen Holztisch, der sich in einer Nische aus niedrigen, dem friesischen Klinker nachempfundenen Mauern befindet, blicke ich in einen begrünten Innenhof, auf dessen anderer Seite, in einer Art Wintergarten, blitzblank polierte Braukessel blinken. Im Sommer muss es schön sein, dort draußen zu sitzen, denke ich, und mir fällt ein, dass mein Vater erzählte, dass er mal Brauereiwesen studieren wollte. Auch Bergbauingenieurwesen wäre interessant gewesen; damals wusste ja noch keiner, was es für ein Desaster werden würde mit den Zechen im Ruhrgebiet, die einst auch viele Menschen aus meiner Familie ernährten. Und so wurde er Arzt, was wohl letztlich die bessere Wahl war, denn so verlegte er sich aufs Heilen anstatt dem Zechensterben und da-

mit dem Niedergang einer ganzen Kultur — seiner, unserer Heimatkultur — zusehen zu müssen. Auf jeden Fall, stelle ich fest, würde es dem Vater hier auch gefallen, und so schreibe ich „Eltern Marienbräu zeigen" ins imaginäre Notizheft.
Dem Pater, der hier in Friesland Marinepfarrer war, bevor er hinter bayrischen Klostermauern verschwand und der sich deshalb in Jever auskennt, proste ich im Geiste mit dem ersten Gerstensaft, der mir gebracht wird, zu: Gott vergelt's!

Da ich einen langen Tag hinter mir habe, esse ich früh zu Abend, was bedeutet, dass es im Marienbräu noch ruhig ist; zahlreiche „Reserviert"-Schilder deuten indes auf mehr Trubel zu späterer Stunde. Tatsächlich findet sich bereits wenig später das erste Grüppchen ein und lässt sich unweit meines Tisches nieder.
Ein Frauenstammtisch, wie ich nach wenigen Minuten unfreiwilligen Lauschens herausfinde. Nach unzähligen „Hallo, naaaaa?" und anderen Begrüßungslauten geht es dann auch gleich ans Eingemachte.
Der Sinn dieses ans „Hallo" gehängten „Naaa" wird mir übrigens nie einleuchten: „Wie geht es Dir?" kann es nicht bedeuten, weil niemand eine Antwort darauf abwartet, und für „Hallo" reicht ja schon das „Hallo", also was soll das? Das frage ich mich schon mein ganzes Leben. Ich selbst habe das noch nie benutzt. Im Ruhrpott hängt man maximal ein „Wie is?" ans „Tach", im Norden — in geschwätzigen Momen-

ten — ein „Olln's kloor?" ans „Moin", aber das war es dann auch, und in der Regel schätzt man dann auch eine Antwort, wobei ein „Muss!" (bzw. „Mut!") in beiden Sprachräumen als Antwort Genüge tut. Aber ich schweife ab.

Auf jeden Fall geriet nun dieser Frauenstammtisch ins Schwätzen und ich war binnen Kurzem über die neuesten Haarwickeltechniken der Anwesenden und das Intimleben der Abwesenden informiert: „Die XY kommt ja heute nicht, die hat ja auch so private Probleme, weil … der Mann macht ja nichts, und immer opfert sie sich auf". „Ich hab mir heute Locken gemacht, aber das gefällt mir nicht, oder, was meint Ihr, steht mir das?" „Und dann … also, die war ja eigentlich auch zu dick für das Hochzeitskleid."

Ich riskiere einen Seitenblick. Die Damen sind in einem Alter, in dem einem die Lebenserfahrung eigentlich auch schon genug andere Themen in den Schoß gekärchert haben sollte außer Frisuren, dem Fett und dem Leben der anderen. Konsterniert nehme ich einen tiefen Schluck Bier. Es ist doch noch viel Luft nach oben bei der Emanzipation, denke ich. Jetzt haben Frauen schon die Freiheit, Stammtische in Brauhäusern zu gründen, Gott und dem Fortschritt sei es gedankt, und es wird immer noch über so eine reaktionäre Scheiße dabei geredet, aber nun denn.

Das Männerlachen (nennen wir es der Ehrlichkeit halber: Grölen) aus dem Nebenraum lässt allerdings die Vermutung zu, dass es dort auch nicht viel intellektueller zugeht. Also nur anders dämlich, wobei ja im Grunde auch das Wort „dämlich" schon sexistischer Mist ist, des doch unlängst positiver konnotierten „herrlich" wegen.

Ich widme meine Aufmerksamkeit lieber der inzwischen servierten halben friesischen Landente, die sich über einem Berg Salzkartoffeln in einem Burggraben aus Rotkohl türmt. In einer kleinen Sauciere glänzt Orangenbutter.

Am Nebentisch wird das bestellte Essen gerade in herrischem (ha!) Ton zurückgehen gelassen, weil „da Gluten dran" sei, und man doch „glutenfrei" bestellt habe. Der Stein, oder besser die Krümel des Anstoßes, waren wohl einige Semmelbrösel, welche sich zu Dekrationszwecken auf die zerlassene Butter verirrt hatten.

Man will ja nicht „first world problems" denken in solchen Momenten, aber ich denke, nunja: First world problems! — Das eine Prozent Menschen, die tatsächlich unter Zöliakie leiden, ausdrücklich davon ausgenommen.

Nun ist aber auch das Gluten (Achtung, Kalauer) am Nebentisch ein gefundenes Fressen, denn natürlich haben jetzt alle irgendwie so eine Unverträglichkeit und kennen Onlinefachgeschäfte und Ratgeber_innen für ein Leben ohne das Klebereiweiß aus der Hölle, mit dem wir aus irgendwelchen Gründen seit Jahrtausenden eigentlich friedlich koexistieren, aber sei's drum.

Meine Güte, das ist ein Brauhaus, murmele ich in den zerlegten Vogel vor mir, hier gibt es Getreide! Zu trinken und zu essen. Und jetzt komm mir keiner mit glutenfreiem Bier, wobei: Auch das musste ich, als ich noch im Hotel arbeitete, einst für einen Gast vorbestellen.

Eine Freundin schickte mir heute das Foto einer niedlichen Ente mit einem Geburtstagshut, inmitten von Kleeblättern, weil heute mein Geburtstag ist, und ich muss kurz daran denken, dass ich genau so ein niedliches Viech gerade vertilge. Ich danke der Ente, dass sie für mich ihr Leben ließ und übe mich in Demut: Es geht uns doch unglaublich gut. Und immer kürzer wird meine Geduldslunte darum mit hausgemachten Problemen und unproduktiver Nörgelei.

Es geht uns gut. Die Eltern, großgeworden im zerbombten Ex-Nazideutschland, von den Großeltern irgendwie durch den Kälte- und Hungerwinter 46/47 gebracht, zu sechst in einem Zimmer, und dennoch am Leben geblieben. Eine sagenhafte Leistung. Zurück im Hotel ist mir kalt, und ich drehe die Heizung hoch, während leise Musik aus dem Macbook klingt und ich mein Geld mit Schreiben verdiene statt unter Tage mit dem Befüllen von Loren.

Mir fehlt nichts. Das Leben ist schön. Und, ganz ehrlich: Mich stören nicht einmal mehr die 41 Jahre.

Müll

Müll im Meer geht alle an: Bis zu 20.000 Tonnen allein an Plastik landen jährlich in der Nordsee. Ein Teil davon wird an Stränden angespült, ein anderer bringt Seevögel, Fische, Meeressäuger und Schildkröten um, noch ein anderer verschwindet auf ewig im Nirgendwo der endlosen, blauen Weite, die wir lieben.
Und so ist es mir ein Herzensanliegen, mich der Strandsäuberungsaktion eines Arbeitskreises des BUND anzuschließen, welcher eigens zu diesem Zwecke nach Langeoog gereist ist. Als Mensch, der diese Insel mehr als alles andere liebt, bin ich dankbar für jede Hand, die hilft, die Schönheit unseres Weltnaturerbes zu bewahren und die Welt wenigstens ein paar Sack voll besser zu machen.
Etwa vierzig Personen nahezu jeden Alters sind am Strandüberweg nahe des Hauptbades versammelt — wesentlich mehr, als ich zu hoffen gewagt hatte. Es war grauenhaftes Wetter hervorgesagt, und so wähnte ich mich mit maximal einer handvoll Mitstreitenden durch waagerechten, eisigen Regen gegen den Wind kämpfend, am Ende keinen kümmerlichen Putzeimer voll an Müll nach Hause tragend.
Aber offenkundig liegt auch dem Herrgott an der Grandiosität seiner Schöpfung: St. Petrus zeigte Erbarmen. Und so erwartete uns statt des legendären Schietwetters eine Prachtwetterfront mit strahlend blauem Himmel, dessen einzeln da-

hingetupfte Wattebauschwölkchen die Sonne nicht zu verbergen vermochten.

Da sich im Naturschutzgebiet am Ostende der Insel bei Sturmfluten besonders viel Unrat ansammelt, fällt der Beschluss, uns als erstes dorthin zu karren. Dafür dürfen wir auf den offenen Ladeflächen zweier Anhänger Platz nehmen, die von leistungsstarken Treckern der Inselgemeinde gezogen werden. Ein Kleine-Jungen-Traum geht in Erfüllung, denke ich, als ich den Fahrtwind und die Sonnenstrahlen auf der Haut spüre, zur Rechten die vorbeiziehenden Dünen, zur Linken die glitzernde Brandung mit ihren im Schwarm aufstiebenden Sanderlingen, dem Trillern der Austernfischer, den Schreien der Möwen, welche im Aufwind über unserer Treckerkolonne treiben. Auch die Dame neben mir strahlt, mit ihrem eleganten Understatement hör- und sichtbar Hanseatin. Sie sei extra für diese Aktion hier angereist, erzählt sie mit einem ewig jungen Lächeln, und war auch schon auf anderen Inseln dabei. Ich finde das großartig und sehe auf unsere Beine mit den Gummistiefeln am Ende, die wir wie Kinder über die Ladefläche baumeln lassen.

Ich blicke mich um. Uns folgen, in einigem Abstand, die anderen beiden Treckergespanne; drumherum nichts als endloser, sonnenvergoldeter Strand, die einzigen Geräusche machen die Dieselmotoren und das Meer. Ich komme mir vor wie in einem Abenteuerfilm. Es ist herrlich.

An einem Teil des Strandes, der zugleich das östliche Ende

der Insel markiert, werden wir abgesetzt. Spiekeroog ist so nah, dass ich die Kirchtürme sehen kann. In dem Seegatt dazwischen aalen sich Seehunde auf Sandbänken.

Hier, am Ostende, in der Nähe des ohnehin traumschönen Strandübergangs Falkenweg, sind die Dünen und der Strand auf den ersten Blick von überwältigender Makellosigkeit. Als man mir einen riesigen, orangefarbenen Müllsack in die Hand drückt, frage ich mich zunächst ernsthaft, wie ich den vollkriegen soll. Würde hier ein Kosmetikeimerbeutelchen nicht ausreichen, denke ich, hier ist doch nichts.

Nach 15 Minuten habe ich einen Kinderwagenlenker, einen blauen Hundenapf, drei Luftballonleichen, je ein halbes Dutzend Tüten und Folien, das Knie eines Abflussrohres, eine Flasche und eine halbe Packung Damenbinden im Sack, letztere natürlich zusätzlich in Plastik einzelverpackt.

Nach einer halben Stunde ist der Sack so schwer, dass ich ihn nicht mehr tragen kann.

Ich denke an die Szene in „Independence Day", wo Will Smith fluchend und schimpfend das tote Alien durch die Wüste schleift, und fühle mich genauso, als ich das orangefarbene Ungetüm hinter mir herzerre.

Immer mehr Müll sammelt sich darin an: Teile eines Druckers, noch mehr Ballons, Schläuche, Netze, kleine Tüten unklarer Genese.

Durch diesen Teil der Dünen darf man eigentlich gar nicht

laufen, aber für den heutigen guten Zweck bekommen wir von der Nationalparkleitung eine Ausnahme. Umso mehr achte ich darauf, nicht unnötig Tiere aufzuscheuchen oder gar Gelege zu zertreten: Sandregenpfeifer beispielsweise sind da bereits im März aktiv. Natürlich nerve ich die Vögel trotzdem. Allerorts flattert und zetert es aus der Vegetation. Etwas weißes, rundes fällt mir im Sand auf. Ich hebe es auf. Gerade will ich mich fragen, wie denn hier Korallen hinkommen, bis mir aufgeht, dass ich da ein Stück Wirbelsäule in der Hand halte. Der Größe nach war es kein kleines Lebewesen. Mir wird ein bisschen schlecht, bis ich mich daran erinnere, dass ich lange Gerichtsmediziner werden wollte — das hilft. Kein Wunder, dass Langeoog bei Krimiautoren so beliebt ist, denke ich, man könnte hier, in dieser gottverlassenen Ecke der Insel, ja auch Werweißwas verbuddeln. Oder Werweißwen. Nach einer Stunde ist der Sack endgültig zu schwer. Ich wanke zurück zum Strand, winke den Trecker heran und wuchte die Müllausbeute auf die Ladefläche. Der Fahrer gibt mir einen neuen Sack und lacht: Er kennt die Nummer. 36 Tonnen Müll sammelt die Inselgemeinde an Langeoogs Stränden jährlich ein; eine Sisyphusarbeit, von der Gäste und Insulaner (welche nicht bei der Kurverwaltung arbeiten) aber in der Regel nichts mitbekommen. Aktionen wie die heutige, an welcher sich auch Privatleute beteiligen können, machen die Dimension jedoch greifbar und lassen den Respekt vor diesem Knochenjob wachsen.

Die bisherige Müllausbeute lässt mich beim Weitersammeln meinen eigenen Plastikkonsum hinterfragen. Ich reduziere sehr viel, seit ich auf der Insel lebe. So nah an der Natur fühlt man sich ihr doch noch mehr verpflichtet als mit der Distanz des Städters. Und außerdem schenkt mir die Insel so viel, seit ich hier bin. Das Leben auf Langeoog ist gut zu mir. Es wird Zeit, dass ich es gebührend zurückliebe. Jetzt, wo kein Mensch mehr meine Liebe beansprucht, umso mehr.

Künftig keine kleinen Colaflaschen mehr kaufen, sage ich mir beispielsweise. Lieber große kaufen und für unterwegs in eine kleine abfüllen, die ich wiederverwenden kann bis Sankt Nimmerlein. Wieder mit Tinte schreiben statt mit Kugelschreiber oder Fineliner; mit dem Füllfederhalter, den ich seit dem Studium besitze.

Aber der Strand liefert, jenseits des Kunststoffkonsums, noch andere moralische Herausforderungen. So zerre ich ein fest verschweißtes, kleines Plastikpäckchen aus dem Sand. Im Inneren des ersten Beutels befindet sich noch ein weiterer; darin ein fester, ominöser Klumpen.

Was, frage ich mich, täte ich, wenn ich darin 100 Gramm reinsten Kokains fände? Würde ich damit tatsächlich zum Trecker gehen und sagen, dass wir hier etwas der Inselpolizei zu melden haben? Oder würde ich nach Berlin fahren, das Zeug an der Beusselstraße an den nächstbesten Unterhändler absetzen und mir von der Kohle ein halbes Jahr lang ein schönes Leben machen? Natürlich übergäbe ich es der

Polizei. Aber, — homo sum — ich gebe zu: Einen Moment überlegen musste ich doch.

Letztendlich war der Klumpen dann auch nur ein kleiner Bär mit einer verrutschten Ballonmütze; ein über Bord gegangenes Spielzeug. Die Farben verblasst, ein Plastiklächeln unter erblindeten Augen. Ich werfe den Bären in den Sack. Kein Drogenbaron mehr in diesem Leben.

Als der zweite Sack voll ist, kann ich nicht mehr und beschließe den Rückzug. Aber natürlich ragt genau dann noch ein dickes Nylontau aus dem Sand vor mir, das ich nicht ignorieren kann. Seufzend zerre ich daran. Es ist endlos schwer. Eine junge Frau, die auch zu den Müllsammelnden gehört, lässt ihren eigenen Sack stehen und kniet sich neben mich. Gemeinsam versuchen wir, das Tau aus dem Sand zu zerren, und die wortlose Hilfsbereitschaft der Fremden rührt mich. Aber es hängt ein riesiges Fischernetz daran: Wir schaffen es nicht.

Wir winken dem Trecker. Der Fahrer steigt aus und resümiert die Lage mit norddeutscher Präzision: „Jo", sagt er, „dat is groot. Dor lot ik de Vorderlader kumm."

Der Vorderlader kommt dann auch und nimmt das riesige Ding auf die Gabel: Eines von drei gefühlt walgroßen Kutternetzen, wie sich am Ende zeigen sollte.

Nach drei Stunden heißt es Rückzug. Der Himmel ist inzwischen stark bewölkt; der Wind kommt in eisigen Böen aus West, direkt in unsere heimwärts gewandten Gesichter. Ich ergattere einen Platz auf dem LKW mit dem Rücken zum Wind. Es ist ein Segen.

Mittlerweile ist es wirklich kalt, und meine Finger sind trotz Lederhandschuhen und darübergestülpten Wollärmeln steifgefroren. Den Troyer ziehe ich bis zur Nase. Alle auf der Ladefäche, dicht gedrängt vor dem Teil der Müllsäcke, der nicht mehr auf den anderen Anhänger passte, verwandeln sich binnen Kurzem in zitternde Mumien. Nur ein wikingerhafter Hüne wirkt, als käme er gerade aus der Sauna. Er lacht und seine blonden, langen Locken wehen im Fahrtwind, während alle anderen ihre Mützen noch tiefer ins Gesicht ziehen: Beneidenswert.

Der Mann ist Zoologe, werde ich später erfahren, hauptamtlich im Artenschutz tätig, und macht das hier ehrenamtlich, wie fast alle anderen in der Gruppe auch.

Es ist immer schön zu sehen, dass es noch Kämpfer für eine gute Sache unter Gottes Sonne gibt. Und Menschen, deren Beruf offenkundig Berufung ist.

Dicht neben unserem Treck steht eine aufgewühlte, graue See; das Wasser läuft auf. Jetzt wird das Abenteuer doch etwas ungemütlich, und ich sehne mich nach der angekündigten heißen Suppe im Haus Bethanien. Meine Füße fühle ich trotz zwei paar Wollsocken und Leder-Einlegesohlen in den Gummistiefeln schon lange nicht mehr.

Als wir nach endloser, rumpelnder Fahrt über den Strand endlich ankommen, bin ich geschafft, aber glücklich.

Auf der Toilette des Hotels sehe ich mein sonnengegerbtes, sandverkrustetes Gesicht im Spiegel. Ich sehe aus wie ein Archäologe nach drei Wochen Wüstengrabung: Noch so ein Kindheitstraum. Das klare Wasser, welches ich mir ins Gesicht schaufele und mit dem ich notdürftig die Frisur richte, tut gut. Noch etwas, wofür wir dankbar sein sollten, denke ich: Klares, sauberes Trinkwasser. — Angesichts all des Mülls in Meeren, Flüssen und Seen leider keine Selbstverständlichkeit.

Beim Essen unterhalte ich mich mit einer jungen Studentin, Typ Annemarie Schwarzenbach. Mit einem Hauch Wehmut erinnere ich, dass diese zu Zeiten, als ich mich noch für Frauen erwärmen konnte und selbst in dem Alter war, zweifelsohne mein Typ gewesen wäre. Sie ist sehr hübsch, bezauberndes Lächeln obendrein; die kurzen, naturblonden Haare in den Spitzen gewellt. Porzellanfeine Haut. Oh süßer Vogel Jugend. Einundvierzig, denke ich. Unfuckingfassbare Einundvierzig. Ich bin vermutlich zwanzig Jahre älter. Sie könnte meine Tochter sein: Manchmal ist es noch surreal.

Für einen Moment überlege ich, wie es wäre, jetzt ein junger, attraktiver Student zu sein anstelle eines alternden Hybriden. Aber man muss den Dingen ins Auge sehen: Der Zug ist abgefahren.

Als ehemals- und aktuell Studierende vermeintlich brotloser Fächer sind wir schnell bei sich ähnelnden Diskriminierungserfahrungen, was die Häme bzgl. Jobaussichten angeht. Ich kann die junge Frau nur ermuntern, an dem, was sie liebt, festzuhalten. Schau, sage ich. Ich habe zwanzig Jahre lang warten müssen, um mit meiner Studien- und Berufswahl glücklich zu werden. Und jetzt, auf einmal, ist alles da. Folge Deinem Herzen, sage ich, und denke noch, dass ich mich anhöre wie ein wohlmeinender Opi aus einem TV-Dramolett, also Universen vom gleichaltrigen Kommilitonen entfernt. Aber da ist es schon ausgesprochen. Ich finde es schön, dass es noch Idealistinnen gibt, die ihre Studienwahl nicht nur mit monetären Abwägungen begründen, führe ich mit weniger Pathos fort. Und dass ich sie nur ermutigen könne, dran zu bleiben: An allem.

Sei du selbst. Tu, was du liebst. Es wird sich lohnen, irgendwann. — Ich habe so etwas schon oft erzählt.

Aber zum ersten Mal muss ich kein bisschen dabei lügen.

Uhl und Nachtigall

Am Horizont reihen sich kleine, gleichmäßig runde Haufenwolken hinter dem Deich wie eine Perlenkette. Zeugen einer neuen Kaltwetterfront, und dennoch ist am Fuße des Deiches der Frühling in vollem Gange. Kiebitze staksen durch die Weiden, die charakteristischen Häubchen wippen dabei im Takt. Nebenan stochert eine Pfuhlschnepfe nach Nahrung, kleine Schwärme von Steinschmätzern gesellen sich dazu, das Federkleid in der Farbenpracht der Brutsaison. Rinder dösen. Der Wind fegt in steifen Böen über das Land und erschwert das Fortkommen auf dem Rad. Ich raste kampfmüde an der Weide. Auf dem Asphalt zu meinen Füßen zeichnet sich ein V-förmiger Schatten ab: Eine Formation Gänse ist im Anmarsch. In den Salzwiesen auf der anderen Seite des Deiches trillern Austernfischer. Ein Paradies — für den, der Vögel liebt.

Für Ornithophobiker muss die Insel dagegen ein Albtraum sein, denke ich amüsiert, und dass es doch interessant ist, wie in dem, was einigen perfekt erscheint, für andere das blanke Grauen lauert. Oder wie oft ein winziges grausiges Detail ausreicht, um die Illusion des Perfekten zu zerstören.

Ich denke beispielsweise an Efeuhecken. In meinen Träumen sehe ich mich ja immer gern auf einem Landsitz; ein viktorianisches Gemäuer mit — natürlich — einer mächtigen Efeuhecke, aus der stets ein beeindruckendes Spatzenkonzert ertönt. Ich finde Efeuhecken schön.

Außerhalb meiner Träume wöllte ich eine solche aber nicht geschenkt haben wollen, Spatzenphilharmonie hin oder her. Der Grund hat acht Beine und liebt Efeuhecken ebensosehr wie die Spatzen: Spinnen.

Erst vor wenigen Tagen, im Rahmen einer Osterandacht, wurde die Schöpfungsgeschichte zitiert, und mir ging mit Grausen auf, dass es dort tatsächlich „und Gott schuf alle

Lebewesen, die fliegen und weben …" heißt, d.h. Spinnen werden dort explizit als gleichberechtigter Teil der Schöpfung aufgeführt, sofern mit „weben" nicht Webervögel oder generell Vögel beim Nestbau gemeint sind. Mist, denke ich, hatte ich meine geliebten Vögel doch bisher unter „Gottes Werk" und die achtbeinigen Sujets meiner schlimmsten Albträume unter „Teufels Beitrag" verbucht.

Ein Grund mehr, ihre Existenz zumindest akzeptieren zu lernen, auch wenn ich nicht mehr daran glaube, jemals von meinem unbändigen Ekel vor Spinnen geheilt zu werden. Immerhin: Sie dienen Vögeln als Nahrung.

Auf jeden Fall muss ich wieder an die armen Ornithophobiker denken und daran, wie es wohl wäre, quartierte man mich auf einer Insel ein mit lauter Arachnoiden.

„Watt dem einen sin Uhl, is dem annern sin Nachtigall" zitiert mein Vater hier gern, wobei mir persönlich Uhl und Nachtigall gleich lieb sind, aber die Botschaft ist klar.

Ich käme jedenfalls nicht auf die Idee, einem Ornithophobiker zu sagen „Stell Dich nicht so an", auch wenn ich diese spezielle Phobie persönlich nicht im Geringsten nachfühlen kann. Aber ich kann Tierphobien als solche nachfühlen. Und ein paar andere Phobien auch noch.

Das wiederum bringt mich auf den Gedanken, warum es eigentlich so schwer fällt, das mit dem Leben und leben lassen. Nehmen wir zum Beispiel Sozialphobien, oder deren moderate Ausprägung, die Introvertiertheit. Nicht jeder Mensch fühlt sich in Gesellschaft wohl. Nicht jeder langweilt sich, wenn er allein ist. Nicht jeder schöpft Kraft aus einer Beziehung. Nicht jeder ist unglücklich ohne prall gefüllten Terminkalender. Nicht jeder mag Lärm, Gewusel und laute Farben. Für einige ist Socializing und Smalltalk mit all den Gefahren des Bewertetwerdens und Sichblamierenkönnens eine regelrechte Qual, die Überwindung kostet und Kraft. Die Gründe sind vielfältig; oftmals stecken Traumata durch Mobbing oder ein liebloses, durch Leistungsdruck geprägtes Aufwachsen dahinter. Angst vor Menschen und Panik in Menschengruppen kann entstehen, wenn man in Menschengruppen, der Familie oder Beziehungen selten Geborgenheit fand, sondern Ignoranz, Demütigung und Gewalt, oder wenn man Menschen in irgendeiner anderen Form als potentielle Gefahr kennen gelernt hat.

Manchen steckt die Introvertiertheit aber auch schlicht in der Natur, fern jeder traumatischen Erfahrung. Auch glückliche Menschen ohne Traumata können introvertiert sein.

Und wie wertvoll ist es dann auf Leute zu treffen, die einem die Introvertiertheit weder zum Vorwurf machen noch meinen, einen mit roher Gewalt (z.B. der Mitleidskeule) aus dem vermeintlichen Schneckenhaus zerren zu müssen, sondern die einfach zuverlässig und unaufdringlich da sind.

Was ich über Freundschaften, die auch mit Introvertierten funktionieren, weiß, ist Folgendes: Vertrauen wächst aus Vertrauen. Ganz einfach.

Wenn ein Freund mir Dinge offenbart, aus denen ich ihm, wäre ich bösartig veranlagt, einen Strick drehen könnte, fällt es mir natürlich wesentlich leichter, ebenfalls etwas Persönliches preiszugeben: Quid pro quo. Beschleicht mich hingegen das Gefühl, ich bin für die Person (im harmlosen Fall) nur ein Objekt, um einen wie auch immer gearteten altruistischen Narzissmus auszuleben oder, im schlimmsten Fall, nur dafür gut, um die Klatschsucht irgendwelcher tragischen Clowns zu füttern: No way. Leider braucht es mitunter Jahrzehnte, um die einen von den anderen zu unterscheiden.

„Wat dem einen sin Uhl, is dem annern sin Nachtigall" gilt auch für zahlreiche andere, zentrale Lebensbereiche: Manche Menschen wären ohne Kinder todunglücklich, andere wären es mit. Manche vermissen den Respekt vor den Alten, andere den vor der Jugend. Kann man so stehen lassen. Sollte man auch. Und dennoch entbrennen über solche Dinge Diskussionen, die besonders in den Untiefen des Internets oft dergestalt ausarten, dass man jede Zivilisation in unerreichbarer Ferne wähnt. Die eigene Sicht wird zum Maß aller Dinge. Wer ein anderes Leben bevorzugt? „Neidisch!", natürlich: das Totschlagargument Nummer eins. Und immer wird versucht, irgendeinen Rechtfertigungsdruck zu erzeugen.

Du hast kein Kind, weil du es dir finanziell nicht leisten kannst? Egoist, denk doch mal an die Gesellschaft. Du hast ein Kind, obwohl du es dir finanziell nicht leisten kannst?

Egoist, denk doch mal an die Gesellschaft. Du bist auch ohne Partner_in glücklich? Du machst dir was vor, *no man is an island*. Du bist überzeugt, den_die Richtigen zu haben? Du machst dir was vor, 50% aller Ehen gehen schief. Die dreisten Fragen sind Legion: Warum bist du Single? Warum hast du so früh geheiratet? Warum hast du keine Kinder? Warum hast du so viele Kinder? Warum hast du sowas Brotloses studiert? Warum hast du nur auf Karriere studiert? Warum hattest du im Leben erst einen Sexualpartner? Warum hattest du Hundert? Warum trinkst du keinen Alkohol? Warum trinkst du so viel? Weil, möchte man da manchmal, in Verzweiflung mit den Händen ringend, ausrufen: Weil … es euch einfach einen Scheiß angeht! Weil man sowas nicht fragt, weil es übergriffig ist und jeder von uns exakt nur ein einziges Leben hat und darum doch bitteschön selbst entscheiden darf, was er daraus macht, solange es niemandem schadet! Und selbst wenn der Lebensweg nicht immer von klugen Entscheidungen geprägt war: Wer sind wir, um die Entscheidungen anderer zu hinterfragen?

Manchmal wird es unerträglich, all das Rotieren der Meinungen im Kreise, das Lärmen und Toben der Welt um einen. Und dann ist sie da, die Sehnsucht nach Stille, nach dem sicheren Kokon der eigenen Welt. Die Stille, die auf Langeoog zum Glück immer nur ein paar Hundert Meter entfernt liegt, selbst in der Hauptsaison. Ich bin froh, hier so viele Plätze zu kennen, wo die Gesellschaft der Vögel einen wieder kräftigt für die Gesellschaft der eigenen Spezies. Wo Wind und Wellen das Herz stärken und nähren und der Deich auch zum Schutzwall der Seele wird: Die Insel ist Medizin.

Ostern liegt hinter uns, der Sommer noch vor uns: Erfreuen wir uns an der Botschaft des Neuanfangs, der Vergebung und Heilung. Und vor allem: Öffnen wir die Augen für die Schönheit von Vielfalt. In der Natur, in uns selbst, und auch im Leben der anderen.

Pleite

Die Rechnungen sind beglichen. Ich kritzele „bezahlt" auf den letzten Überweisungsträger und werfe ihn auf den Stapel zu den anderen. Dort wird er ins Ablagefach wandern und irgendwann in den zugehörigen Ordner. Auch die Steuererklärung ist eingereicht, immer mit Herzklopfen, ob man trotz ohnehin ruinöser Steuerklasse 1 wegen der freien künstlerischen Betätigung nebenher nicht noch draufzahlt. Dennoch: Es ist ein gutes Gefühl, keine Schulden zu haben, wenn man von der noch abzuzahlenden Wohnung einmal absieht. Nur der Kontostand ist jetzt, nachdem alles abgebucht wurde, ein Desaster.

Dabei denkt man ja immer, dass man sich außer einer neuen Jacke, Balkonblumen, einem Ersatz für den kaputten Wasserkocher und ab und zu einem Essen auswärts keinen Luxus geleistet hat diesen Monat, aber Kleinvieh macht dann doch erstaunlich viel Mist. Das neue John-Grant-Album, das mir im Hintergrund gerade so treffsicher von meinem Leben erzählt, als sei der Mann mein Seelsorger, zähle ich nicht dazu, denn Musik ist in Phasen des Hungers mindestens so wichtig wie Essen. Das meine ich übrigens vollkommen ernst und es trifft so ziemlich alle Arten von Kunst.

„Warum hast Du auch nichts studiert, womit man Geld verdient" lauten die üblichen Unkenrufe, aber abgesehen von meiner Dyskalkulie, die ein MINT- oder BWL-Studium trotz Wollens unmöglich gemacht hätte, tue ich mich damit schwer, den Wert künstlerischer Betätigung nur ökonomisch zu erfassen.

Natürlich hadere ich mit meiner relativen materiellen Armut. Wenn jedes Gönnen zwangsläufig mit einem Verkneifen einhergehen muss. Wenn die Wahl lautet: ein neues Klo oder die seit ewig ersehnte Irland-Reise, neue Jacke oder neue Schuhe (letzteres zumindest, wenn man halbwegs auf Qualität Wert legt). Dass „relativ" hier bedeutet, dass ich im Gegensatz zu den meisten Menschen auf der Welt im Überfluss lebe, muss ich wohl nicht erwähnen, dennoch kann es auch auf hohem Niveau nerven, das ständige Entweder-Oder.

Mit genügend Talent kann man auch von Kunst leben, dachte ich immer, aber ich kenne einen wirklich fantastischen Maler, der trotzdem kaum die Ateliermiete zusammengekratzt bekommt.

Ich kenne hervorragende Musiker_innen, die sich ihre Cello-, Harfen- oder Flötenhände trotzdem noch im Verkauf oder nachts hinter Bartresen ruinieren müssen, weil selbst angestellte Orchestermusiker nur einen Appel und ein Ei bekommen, von „verdienen" mag ich nicht reden.

Aber soll deswegen niemand mehr Kunst machen? Ich würde ersticken in einer Welt ohne Kunst. Ohne Musik, ohne Fotografie oder Malerei, die uns die Schönheit der Welt nicht nur sehen, sondern auch fühlen lässt.

Und nicht nur als Konsument von Kunst, sondern auch als Kunstschaffender bekommt man etwas, das sich in Währungen nicht ausdrücken lässt.

Ich erinnere ein älteres Ehepaar, das mir eine meiner Zeichnungen abkaufte. Als ich ihnen das Bild vorbeibrachte, baten sie mich zum Tee in die gute Stube; ein vornehmer Raum in einem alten Friesenhaus, mit einem dicken, beigefarbenen, makellosen Teppich, auf dem ich mich für meine abgewetzten, sandigen Schuhe schämte, die ich anzubehalten aufgefordert worden war. Auf dem Tisch stand zartes Porzellan, Schälchen mit Kluntje und Gebäck, ein Kännchen dicker Rahm zum Friesentee, der auf einem versilberten Stövchen warmgehalten wurde. In tadelloser und respektvoller Höflichkeit wurde ich eingeladen, Platz zu nehmen. Jacke und Schal wurden mir abgenommen und ordentlich auf einem gepolsterten Bügel drapiert, der vermutlich mehr gekostet hatte als meine Jacke. Kuchen wurde serviert, Tee eingeschenkt.

Ich war so einen Umgang überhaupt nicht mehr gewöhnt.

Ich erinnere die ersten Jahre, in denen ich hier im Hotel arbeitete. Jahre, in denen man oft nur als ungebildeter Handlanger wahrgenommen und entsprechend behandelt wurde; in denen man sich von Leuten anschreien, beleidigen und demütigen lassen musste, während man deren Dreck wegputzte oder allein das Gepäck einer Großfamilie über eine steile Wendeltreppe in den dritten Stock hievte, während diese sich am Fuß der Treppe darüber lustig machte, wie ich unter der Last fast zusammenbrach. Ich erinnere einen Mann, der mir nach einem teuren Essen einen 5-Euro-Schein als Trinkgeld hinhielt und diesen, als ich danach greifen wollte, bösartig auflachend wieder zurückzog, wie einem Hund das Stöckchen. Ich hätte mich kaum billiger und besudelter fühlen können, wenn er mir das Geld in die Unterhose geklemmt hätte. Man sagt ja immer, man solle sich für keine Tätigkeit zu fein sein, und lebenslang war das auch meine Devise, aber es fällt doch schwer, wenn man eigentlich aus einer anderen Gesellschaftsschicht stammt und dann auf einmal ins unterste Spektrum der sozialen Nahrungskette einsortiert wird. Ich weiß nicht, ob das für Menschen, die immer nur Dienstleistungsberufe hatten, auch so schwer ist, oder ob man diese ständigen Demütigungen dann gar nicht wahr nimmt, aber für mich war es hart, und ich bin froh, dass diese Zeit vorbei ist: Dass man sich fabelhaft dumm stellen konnte, weil einen die Leute ja sowieso für dumm hielten, war eines der wenigen schönen Dinge daran.

Nun also saß ich in diesem vornehmen Wohnzimmer bei diesen höflichen und gebildeten Leuten und wurde behandelt wie ein VIP, weil ich ihnen etwas gezeichnet hatte. Auch meine Bücher lobten sie in hohen Tönen, ohne jede Falschheit.
Wir tauschten ein wenig Lebensgeschichte aus, ein schönes Gespräch unter drei Akademikern: Wohltuende Augenhöhe, die ich lange vermisst hatte. Und doch wunderte ich mich ein wenig darüber, dass den beiden meine Geschichten so gut gefielen, entstammten sie doch einer Generation, in der etwas weniger freimütig über Homosexualität und Ähnliches parliert wurde. Bis das Gespräch auf die Familie kam. „Unser Sohn", erzählte die Frau mit einem sanften Lächeln, „der ist ja auch so wie Sie". Ich war gerührt: Daher also der Wind. „Durch ihre Erzählungen können wir ihn noch viel besser verstehen und das alles nachfühlen", sagte die Frau, und ich dachte, dass dies die Momente sind, in denen Kunst wirklich Werte schafft.
Unabhängig vom Kontostand, unabhängig vom Status: Solche Momente machen reich.
Man mag einen Monat sich jedes Vergnügen verkneifen müssen, schlimmstenfalls sogar ein bisschen Hungern: Aber es sind solche Erfahrungen, die einen als Künstler über die

magere Zeit retten; Erfahrungen, von denen man zehrt und die einen nähren. Es ist ein Gottesgeschenk, etwas Bleibendes schaffen zu können, das Menschen bewegt.

Sonnenschein

Ich mag Friedhöfe. Friedhöfe sind die einzigen Orte, an denen man auch bei schönem Wetter weinen kann, ohne schräg angesehen zu werden. Auf Friedhöfen darf man noch fühlen. In Berlin hatte ich eine depressive Phase; ich weinte ständig grundlos — kein Schluchzen oder inneres Erschüttern; nichts, was das Weinen ankündigte: Es lief einfach, wie bei einem undichten Wasserhahn. Dummerweise war zeitgleich Sommer, der berühmte Jahrhundertsommer, oder einer von den Jahrhundertsommern zumindest; die Leute sind angesichts des sonstigen Sauwetters ja immer schnell mit Superlativen. In der Wohnung war es zu heiß, einen Balkon hatte ich nicht, den Gemeinschaftsgarten hielten die Nachbarn mit ihrer Kinderschar besetzt. Wo konnte ich dann noch hin, wenn ich zwar vor die Tür, aber in meinem Zustand nicht weiter auffallen wollte?
Also ging ich jeden Tag auf den Friedhof, weil das der einzige Ort war, an dem man unbehelligt draußen sitzen und auch im Hochsommer weinen konnte. Man suchte sich einfach einen Grabstein, der vom Jahrgang her Eltern oder Partner sein konnte, setzte sich daneben und schon war die Tarnung

perfekt. Frische Gräber waren weniger zu empfehlen: Hier bestand immer die Gefahr, auf echte Angehörige zu stoßen. Außerdem konnte man sich auf dem Friedhof am Wasserhahn für die Friedhofsblumen abkühlen, das war praktisch bei der Hitze, weil man es wegen der Depression ja auch nicht ins Freibad oder an einen See schaffte. Dazu nahm man sich eine Gießkanne, betätigte die Pumpe und ließ einfach mehr Wasser über die Handgelenke als in die Kanne laufen, wahlweise über die Füße, wenn man ohnehin Sandalen trug. Mit dem Rest goß man dann das fremde Grab; so viel Gegenleistung musste sein.

Die Leute die man traf, waren beschäftigt mit ihrer eigenen Trauer oder sonstwo in Gedanken, ab und zu nickte jemand teilnahmsvoll. Aber niemand kam und sagte: „Lach doch mal, ist doch schönes Wetter", „reiß dich zusammen" oder bohrte nach, warum man denn bei diesem Wetter alleine sei. Auf dem Friedhof war ich ein freier Mann, losgeschnürt vom Gute-Laune-Korsett des Sommers.

Heute weine ich in depressiven Phasen nicht mehr, die Chronifizierung meiner Depression hat mir nicht einmal mehr diesen Aktionsradius gelassen. Aber ich gehe nach wie vor gern auf Friedhöfe, unabhängig vom Gemütszustand.

Denn obwohl ich das große Grau (von vielen auch „der schwarze Hund" genannt) mittlerweile unter Kontrolle habe, irritiert mich nach wie vor, dass alle Welt nur noch Liebe und Lachen und Tralala zuzulassen scheint, sobald es Mai wird und die Temperaturen zweistellige Werte erreichen.

Der Mai ist der Monat mit der höchsten Selbstmordrate. Theorien zufolge liegt das daran, dass depressiven Menschen das Gefangensein in ihrer eigenen, farblosen und ausgebluteten Welt umso mehr bewusst wird, je stärker das Leben der anderen um sie herum zu pulsieren, zu blühen und zu leuchten beginnt. Man kann auf der Parkbank schlecht seine vertraute Düsternis pflegen, wenn nebenan ein Paar knutscht und rosafarbene Blüten auf einen herabrieseln. Sogar die Scheißtauben vögeln in den Zweigen, und man selbst würde schon lange jedes nackte Dessousmodel aus dem Bett werfen, wenn man dafür nur einmal erholsamen Schlaf fände. Depressionen sind Instant-Zölibat.

Bleibt also der Friedhof.

Auf dem Langeooger Dünenfriedhof gibt es hinter der Trauerhalle einen kleinen Teich. Er ist nicht besonders gepflegt, aber in seiner traurigen Ramponiertheit hat er auch wieder etwas Rührendes, und ja: Vertrautes an sich. Ich mag den Teich, er ist ein Freund.

Die danebenstehende Bank haben Vögel vollgekackt; die wenigen Stufen hoch zum Lieferanteneingang der Trauerhalle sind gesprungen und uneben, vermutlich laufen die Sargträger hier Gefahr, mit dem Leichnam zu stolpern. Man müsste das machen lassen, denke ich, während ich mich auf den am wenigsten beschissenen Abschnitt der Bank am Teich setze, ist ja nicht auszumalen, wenn. Also, man muss sich das vorstellen, und dann liegt der Mensch da, aus dem Sarg geplumpst, was für eine Tragödie. Man müsste die Stufen machen lassen, wirklich. Aber vermutlich sind die Langeooger Sargträger längst daran gewöhnt.

Neben dem Teich steht ein Granitblock mit dem berühmten Gedicht Goethes: „Über allen Gipfeln ist Ruh." Ein paar Menschen haben Kerzen darunter gestellt, kleine Figuren, Kieselsteine und Muscheln. Aber in den Wipfeln, die den Dünenfriedhof umgeben, ist selten Ruh. Die erwähnten Tauben gurren in den Ästen. Buchfinken durchklauben den mit weichen Nadeln gepolsterten Boden. Ein Fasan marschiert strammen Schrittes durch die Balten-Gedenkstätte und vorbei am Mahnmal für die namenlosen Ertrunkenen, welche im Laufe der Jahrzehnte auf Langeoog angespült wurden. Nachts schreit aus den Bäumen der Kauz.

Der Dünenfriedhof ist der einzige Ort auf der Insel, an dem man in nennenswerter Menge Nadelbäume findet: Auch deshalb mag ich den Friedhof. Ich liebe den Geruch von Nadelholz; die einzigartige Beschaffenheit und das Knistern von Nadelwaldboden.

Die Fichte, welche die Bank beschattet, auf der ich sitze, und von der die Vögel hinunterscheißen, treibt gerade aus. Als Kind konnte ich mich ewig damit beschäftigen, die kleinen, hellbraunen Knopsenhüllen von den zartgrünen Trieben zu ziehen und so quasi deren Geburtshelfer zu spielen. Am Ende waren die Finger klebrig und dufteten vom Harz. Ich ziehe drei oder vier Hüllen ab. Das Gefühl, als erster die jungen, weichen Triebe zu berühren, ist nach wie vor unvergleichlich. Um die Fichte herum befinden sich viele verschiedene Tannen- und Kieferarten. Manche recken die Zweige zum Himmel, flehend, trotzig oder lobpreisend. Andere lassen sie hängen in stiller Gram. Manche stehen einfach da, aufrecht, in unbeugsamer, makelloser Würde: ein letztes Salutieren an die toten Soldaten, welche hier ebenfalls begraben liegen. Kriechkiefern winden sich am Boden im Schmerz. Auf dem Friedhof findet jedes Gefühl in den Bäumen seinen Ausdruck. Natürlich ist ein Friedhof in erster Linie ein Ort des Trauerns, aber auch Dankbarkeit wird hier empfunden, für die Zeit, die man mit dem Verstorbenen hatte oder für die Gnade Gottes, jemanden nicht lange leiden zu lassen. Und Liebe gibt es auf dem Friedhof. Natürlich: Liebe. Manchmal auch Gram, Wut, ein verzweifeltes: „Warum?" Aber auf dem Friedhof darf all das sein, hat all dieses Menschliche seinen Platz, egal, wie viel Mai und wie viel Sonnenschein drumherum ist. Und wenn man selbst nicht in der Lage ist, seinen Gefühlen Raum oder auch nur einen Namen zu geben, findet man seinen Trost hier im Anblick des kleinen, beschützenden Nadelwaldes, der die Grabfelder umarmt oder im stoischen Rauschen der See, welche keine 150 Meter entfernt an den Strandabschnitt Gerk-sin-Spoor brandet. Es ist ein friedlicher Ort, selbst während der Hochsaison.

Auch heute bin ich fast allein; nur ein paar Touristen machen Fotos von der Grabstätte Lale Andersens und ziehen sofort wieder ab. Am Teich hinter der Leichenhalle habe ich noch nie jemanden getroffen; er ist mein kleines Refugium, obwohl auch andere hier manchmal herkommen müssen: Die Figürchen und Kerzen unter dem Stein mit dem Goethe-Gedicht belegen es.

Es gibt noch einen zweiten Friedhof auf Langeoog, an der Inselkirche mitten im Dorf. Ich weiß nicht, nach welchen Kriterien von den Insulanern beschlossen wird, wer auf welchem Friedhof landet, aber wenn man schon irgendwann verbuddelt werden muss, so denke ich: Dann bitte hier. Zwischen Gräberfeld und Trauerhalle ist noch Platz; eine sattgrüne Rasenfläche, an deren Rand sich ein paar Kindergräber befinden, erinnert die Lebenden an ihre eigene Vergänglichkeit, das Ziel quasi vor Augen. Und vielleicht, denke ich, wird einigen der Wert des Lebens auch erst hier bewusst.

Ich verlasse den Friedhof. Vor dem schmiedeeisernen Tor am Ausgang hat der Wind Blütenblätter zusammengetrieben. Die Maisonne umhüllt ein Wolkenschleier. Das Leben hat mich zurück.

Sicher

Am Horizont, mit bloßem Auge kaum wahrnehmbar, schälen sich die mächtigen Kampfeisen aus diffusem Licht. Davor durchpflügt ein kleines Aufklärungsboot die Dünung, gerade so eben erkennbar an der weißen Heckwelle. Die graue Tarnlackierung funktioniert perfekt. In der südlichen Nordsee, vom Marienstützpunkt Wilhelmshaven kommend, kreuzen die Fregatten F221 HESSEN und F222 BADEN-WÜRTTEMBERG. Mit einem Freund, der als Militärseelsorger einst auf der HESSEN und der F208 NIEDERSACHSEN fuhr, ventiliere ich die spannende Sichtung am Strand.
Ein Mann, der in der Nähe sein Kind oder seinen Enkel beaufsichtigt, hört das: „Kinder sollten sowas doch wirklich nicht zu sehen bekommen!", echauffiert sich der Herr, „Unmöglich, dass Kriegsschiffe so nah am Strand fahren!"

Nun ja: Vor den Ostfriesischen Inseln befindet sich einer der meistbefahrenen Seefahrtswege der Welt, und der Marinestützpunkt Wilhelmshaven liegt quasi um die Ecke. Zwar haben wir den Schiffsverkehr in der Deutschen Bucht nicht ganz so nah vor Augen wie etwa die Wangerooger, aber an klaren Tagen kann man auch auf Langeoog viel Zeit mit Schiffssichtungen verbringen. Zeitgleich mit den Fregatten sind Containerriesen (diese auch nicht immer mit kindgerechter Ladung ausstaffiert), Kreuzfahrtschiffe, Krabbenkutter, Sportboote und Fähren zu sehen. Die Fregatten der Deutschen Marine sind also zunächst einmal nur ein interessanter Schiffstyp von vielen.

Aber ich verstehe schon: Dem Mann geht es um die Konfrontation der Kinder mit dem Krieg. Aber ich sage nichts dazu, denn bis ich die Bibliothek an Gegenargumenten, die gerade im Inneren auf mich einpladdert, strukturiert und in eine vortragsfähige Form gebracht hätte, wäre der Mann längst gegangen. Also schäume ich schweigend, bis wir außer Hörweite sind.

„Warum", lege ich los, „glauben die Leute immer, dass man Menschen durch Unwissen schützt? Alle wollen, dass ihre Kinder in Sicherheit aufwachsen. Warum darf man dann diejenigen, die für diese Sicherheit sorgen, nicht sehen? Die Welt wird nicht besser dadurch, dass man verschweigt, wie sie ist!"

Ich denke an die Kameradinnen und Kameraden an Bord und mir tut Leid, mit welcher Respektlosigkeit ihnen begegnet wird, obwohl gerade die Deutsche Marine durch zahlreiche Rettungen von Menschenleben im Mittelmeer etc. zurzeit auch wichtige humanitäte Aufgaben übernimmt. Und was ist mit den jüngsten Skandalen bei der Bundeswehr, was ist mit den Rechten, mag man da einwenden, aber: Extremistisches

Gedankengut (egal, aus welcher Richtung) und Kriegsgeilheit findet man bedauerlicherweise überall, wo Menschen sind. Dazu braucht es nicht erst die Bundeswehr. Die Welt ist nicht friedlich, und der Mensch ist des Menschen Wolf.

Erst gestern gab es wieder einen grässlichen Terroranschlag. Und wie in aller Welt, frage ich mich, will dieser Mann seinem Kind oder Enkel den Terror erklären, wenn das Kind nicht einmal eine Fregatte sehen darf?

Es ist ein Trugschluss zu denken, wir seien eine Generation ohne Krieg. Damit meine ich nicht einmal die globale Situation, in der es leider immer irgendwo einen Krieg gibt, mit Tod, Leid und Waisen. Ich meine den Krieg in Deutschland: Den, der uns bis in meine Generation hinein prägt.

Meine Eltern wurden 1942 und 1947 geboren. Der Vater noch mitten im Zweiten Weltkrieg, die Mutter zum Ausbruch des Kalten Krieges. Beide wurden von Menschen erzogen, die teils beide Weltkriege miterlebt hatten. Da war meine Großmutter, die bereits ein Kind verloren hatte und fürchten musste, dass ihr beim nächsten Fliegeralarm auch noch das neue Baby aus dem Arm geschossen wird. Da gab es die Urgroßtante, deren Mann im Ersten Weltkrieg vor den Falklands versank und deren Sohn im Zweiten Weltkrieg mit dem U-Boot auf See blieb. Da gab es all die Menschen, die Suppe aus Kartoffelschalen und Rinde kochten, weil sie hungerten; Menschen, die in strengstem Winter in ausgebombtem

Häusern erfroren. Es gab die Heimgekehrten, die zwar die Front überlebt hatten, aber danach an ihren Kriegstraumata lebend vor sich hinstarben, von der winzigen Versehrtenrente in irgendeinem Veteranenheim vegetierend und zitternd die Wand anstarrend. Man sah gestandende Männer, die weinten, wenn an Silvester das Feuerwerk losging, weil sie als junger Mann mitansehen mussten, wie es 15jährigen Schulkameraden an der Front die Gedärme zerriss.

All dieser Krieg ist nicht vorbei, nur weil Politiker irgendwann den Frieden erklärten. Der Krieg tobt noch lange im Inneren. Am Ende des Kalten Krieges, mit dem Zerfall der Sowjetunion, war ich 14 Jahre alt. Während des Streits um die Mittelstreckenraketen, der, zusammen mit der Berlin-Blockade und der Kuba-Krise als eine extrem bedrohliche Phase des Kalten Krieges begriffen wurde, kam ich in die Grundschule, und ich erinnere, dass die Erwachsenen bei den Verwandtentreffen plötzlich wieder vom Krieg als realem Szenario redeten: Davon, dass es wieder Krieg geben könnte, mit schlimmeren Waffen als je zuvor.

Die Älteren, die teils zwei Weltkriege durchhatten, reagierten mit Verzweiflung, Resignation oder verzweifelter Resigniertheit. Die jüngeren mit Furcht oder flammender Gegenrede. Als Kinder verstanden wir nicht, welche Schicksale unsere Verwandten zu jener oder dieser Haltung zu dem Thema trieben, aber die Bedrohung war fühlbar, ebenso wie all die verinnerlichten und „vererbten" Geschichten vom Krieg.

Letztlich sind wir wohl alle zu einem großen Teil Produkte der Traumata unserer Eltern und diese wiederum geprägt durch die Traumata der Großeltern.

Es gibt keine Trümmerfrauen für die Seele. Kirchen, Häuserzeilen und Hafenanlagen mögen wieder stehen, aber die psychischen Einschläge bleiben. Und wer in unserer Elterngeneration keine direkten Erinnerungen mehr an Bomben und Gewehre hat, erinnert sich an Entbehrungen, an Hunger oder Hungernde, an Invaliden, an Flucht und Geflüchtete, an Heimkehrer, die sich umbrachten oder ihre Albträume von der Front im Alkohol ertränkten.

Man kann diese Generation nicht ohne den Krieg verstehen; zugleich wurden unsere Eltern aber auch geprägt durch die 68er-Bewegung, durch Hippies, Love, Peace and Happiness. Und ich zumindest kann behaupten, durchaus zum Pazifisten erzogen worden zu sein, allerdings nicht zu einem naiven Pazifisten. So, wie man als Kind schnell lernt, dass man nicht unsichtbar wird, wenn man sich die Augen zuhält, lernt man auch schnell, dass nicht automatisch Friede auf der Welt herrscht, nur weil man sich ein Peace-Zeichen an den a.D. gestellten Bundeswehrparka pappt und im Eine-Welt-Laden seine Schulsachen kauft.

Dennoch war meine Jugend zumindest in dieser Hinsicht eine Insel der Seligen. Man hatte mit dem Krieg nichts mehr direkt zu tun, und was die Bundeswehr betraf, so lautete der Konsens: Sie existiert, aber man geht nicht hin, zumindest nicht länger, als die Wehrpflicht verlangt.

Tatsächlich kam ich im Alter von 16-20 nur zwei Mal mit der Bundeswehr in Berührung: Einmal während eines Klassenausflugs zur Infoveranstaltung einer Kaserne, und einmal, als ich einen Freund begleitete, der seinen Wehrdienst ableistete und erstmals in Uniform seine Großmutter besuchen wollte.

Als die Oma den Soldaten vor ihrer Tür erblickte, knallte sie reflexartig die Tür zu, bis der Enkel sich mit einem flehenden „Oma, ich bin's doch nur! Ich bin's, der Jung'!" glaubhaft zu erkennen gab. Diese Geschichte sagt mir rückblickend sehr viel darüber, was ich über Kriegstraumata bei den Eltern unserer Eltern wissen muss.

Von dem Kasernenbesuch indes erinnere ich nur viele Menschen in Grau, die übermüdet aussahen, aber höflich waren und sich klar auszudrücken wussten. Der Speisesaal sah aus wie eine Uni-Mensa und das Essen war auch nicht schlimmer als in der Jugendherberge — indes sabbelten die Leute beim Essen nicht so viel, was ich schon damals als Pluspunkt verbuchte. Ich selbst war nicht wehrpflichtig, aber durchaus brachte mich die Aussicht auf ein bezahltes Studium und einen für 12 Jahre gesicherten Job dazu, das Szenario „Freiwillige Karriere bei der Truppe" zumindest einmal im Geiste durchzuspielen. Vor allem gefiel mir die Vorstellung, eine durchweg als männlich konnotierte Tätigkeit auszuüben, wo mir doch sonst in allen Lebensbereichen das Mannsein eher abgesprochen wurde. Letztlich entsprach die Auswahl der zur

Verfügung stehenden Studienfächer dann aber nicht meinen Neigungen und Fähigkeiten; hinzu kam die Einsicht, dass ich nicht nur grauenhaft fehlsichtig war, sondern auch bei den Sportprüfungen hemmungslos verkacken und mich damit als so oder so wehruntauglich klassifizieren würde. Außerdem: Wie brächte ich das, als Sohn eines der ersten Wehrdienstverweigerer der Bundeswehr, meinem Vater bei? Meine Laufbahn bei der Truppe belief sich also auf ein kurzes Gedankenspiel im Info-Center der Ruhrlandkaserne und das spätere Anschmachten von adretten Uniformierten. Nichtsdestotrotz haben Soldatinnen und Soldaten meinen vollen Respekt.

Das Gleiche gilt auch für Polizistinnen und Polizisten, die für ihren wichtigen und gefährlichen Job ebenfalls oft angefeindet werden; ein Unding, wie ich finde.

Warum, frage ich mich, sind die Landesverteidigung und das Sorgen für Sicherheit, eigentlich so ein Tabu? Man kann doch nicht ernsthaft das Privileg des Lebens in einer der freiesten Gesellschaften der Erde genießen und zugleich glauben, dass dieses Privileg auf Bäumen wächst, die aus Gründen der p.c. wahrscheinlich nicht einmal Eichenlaub tragen dürften. Lockt die Bundeswehr vielleicht auch gerade wegen dieses schlechten Images teils schräge Gestalten an? Wie muss sich jemand fühlen, der ständig direkt oder indirekt gesagt bekommt: Rette mein Leben, aber rede nicht mit mir? Beschütze mein Land und das meiner Kinder, aber lass Dich nicht in der Gesellschaft blicken? Es fühlt sich falsch an.

Abends steige ich auf den Wasserturm. HESSEN und BADEN-WÜRTEMBERG sind noch immer zu sehen; sie nehmen Kurs auf ihren Heimathafen. In Hamburg wird heute das Schwesterschiff der BADEN-WÜRTTEMBERG, die RHEINLAND-PFALZ getauft. Ihre Tarnlackierung wird sie auf grauer See, im Nebel und in der Nacht zur Gänze verschwinden lassen. Kinder werden das Schiff wohl eher selten zu Gesicht bekommen.
Da ist sie trotzdem.

Fernweh

Im Haus gegenüber sind die Lichter ausgegangen. Schwalben schießen durch den sich verdunkelnden Himmel, in den, von mir unbemerkt, die Dämmerung eingesackt ist, ohne dass ich mich nach dem Sonnenuntergang umgedreht hätte, während ich auf meinem nach Osten gerichteten Balkon saß und las.
Hinter dem Friedhof, vom Haus aus gerade noch in Sichtweite, ziert ein schmaler Streif Nadelbäume den Dünenrand. Dahinter erstreckt sich das Meer, das nun schwarz daläge in seiner nächtlichen Einsamkeit, blinkten nicht noch das Leuchtfeuer von Helgoland mit der schönen Regelmäßigkeit eines Herzschlags oder die Lichter der auf Reede liegenden Containerschiffe.
In den Kiefernzweigen plustern Wildtauben ihr Gefieder; ein Fasan sucht leise meckernd Deckung zwischen Moosen und

Farn.

„Ich sähe so gern mal wieder Wald" erzähle ich dem netten alten Nachbarn, als ich ihn früher am Tage vor dem Blumengeschäft treffe, „einen richtigen Wald. Das fehlt mir."
„Ja", sagt der Mann, „schön sowas. Ich war gerade in Schweden, bei unserem Sohn, der lebt dort, da waren Bäume wie Fahnenmasten, wunderbar, sag ich dir, so hoch waren die." Er reckt die Finger bis in den Himmel und grinst in seinen schlohweißen Bart. „Nach Südtirol möchte ich gern", erzähle ich weiter, „vielleicht im Herbst, aber ich weiß nicht recht, wegen des Geldes. Nachher ist irgendwas und dann hat man nichts mehr, weil man im Urlaub war, aber da soll es Lärchenwälder geben, tiefe Wälder, so weit, wie das Auge reicht."

„Ach Jungchen", sagt der Mann, der mich immer „Jungchen" nennt, obwohl mich mittlerweile auch schon vier Jahrzehnte auf Erden versaut haben, und legt mir seine große, schwere Hand auf die Schulter, die in seinem Berufsleben bei der Handelsmarine schon Gottweißwas für Dinge geschleppt und zurechtgezurrt hat. Er hat gearbeitet: So viel steht fest.
„Jungchen", sagt er, „so war das ja früher, nech: Sparen, sparen, hieß das immer, dann haste. Später, dann haste. Aber was haste dann, und für was? Mitnehmen kannste doch nix am Ende, und ich hab noch keine Kiste gesehen, wo hinten ne Anhängerkupplung dran ist."
„Ja", sage ich, „das letzte Hemd hat keine Taschen, sagt auch

mein Vater immer", und ich muss lachen, weil wir beide mit unseren Fahrrädern vor dem Geschäft stehen, ein jeder mit einem Anhänger angekuppelt. Aus meinem ragen Geranien und ein Margaritenstämmchen, aus seinem eine Seilwinde mit ein paar Metern Stahltau. Aber er hat ja Recht: Auf unserem letzten Gang kommt das nicht mit, und kurz befällt mich deswegen Trauer. Es gibt so viele Sachen, die mir lieb sind, und die neu gekauften Blumen sind noch so schön und voller Leben.

„Ich bin froh, dass ich so viel gesehen habe, als ich jung war, jetzt kann ich ja nicht mehr so und will's auch nicht. War zwar alles schön, aber weißt du, wenn Du nach Edinburgh reinfährst in den Hafen, dann siehst du die schönen weißen Felsen, und wenn du nah dran bist, merkst du: Die sind nur weiß vor Lummenscheiße, so ist das, nech."

Der Mann ist ein Philosoph.

„Ich weiß, was du meinst", sage ich, und kann nur einmal mehr die ostfriesische Sprachpräzison bewundern. „Aber fahr du mal hin", fährt er fort, „ist bestimmt schön da. War ja auch schön in Schweden, die Bäume und die Eichhörnchen, überall Eichhörnchen, die haben wir hier ja auch nicht. Und mein Sohn, der hat es da auch gut, zufrieden ist er da, ja."
Es schwingt etwas Trauer mit, als er das sagt. Es ist eben weit weg, und ich bin sehr froh, dass ich auch gerade noch einmal mit meinen Eltern im Urlaub war.

„Aber was ist denn mit dir, Jungchen, bist du denn zufrieden?" „Aber ja", sage ich, „mir geht es gut. Mir gefällt es hier, ist ja auch wunderschön, das Meer, die Dünen. Aber manchmal vermisse ich halt doch einen Wald."

„Ich bleibe jetzt auch erstmal hier", sagt der Mann, „muss ja auch nicht weg, wo ich doch Zeitung habe und das Internet. Aber wenn du da so liest, denkst du ja auch: Was soll ich denn hinterlassen, wofür, in so einer Welt." Ich nicke nachdenklich. „Hier", präzisiert er, „dieser Trump", und er rollt den Namen mit friesischem „R", „was der schon wieder gemacht hat, diese Scheiße, und alle verärgert. Aber ich sag dir, noch einen Krieg, das brauch ich nicht, da bin ich ja doch froh, dass ich bald abtrete, noch einen Krieg, das brauch ich nicht."

Recht hat der Mann, denke ich erneut, auch wenn er mir das jedes Mal erzählt, wenn ich ihn treffe.

Und die Wälder, von denen ich träume: Wer weiß, wie lange die noch stehen. Da mag ein Baum viele Jahrhunderte von oben auf die Menschheit herabgesehen haben, in stoischer Gelassenheit, aber dann kommt die Kreissäge oder ein Gift in den Boden, und dann ist er dahin. Und man kann nur noch Särge draus bauen, mit oder ohne Kupplung.

Ich radele heim und pflanze meine Blumen. Farbtupfer in einer Welt, die sich bei näherer Betrachtung allzu oft in Grau und Moll geriert; ein schöner, weißer Fels, der bei näherem Hinsehen nichts anderes ist als ein Haufen Lummenscheiße, und das Schreien der Seetaucher entpuppt sich bei näherem Hinhören als Kakophonie von Krieg und geschundenen Seelen. Und doch ist die Welt es Wert, bereist zu werden, geliebt und gepflegt. Denn bringt diese eine Welt nicht auch alles zutage, was wir lieben? Fußt sie nicht auf dem einen, großartigen Plan eines liebenden Schöpfergottes? Die Welt ist nicht schlecht, nur weil wir sie zugrunde richten.

Am Strand spielen Kinder mit noch unverdorbener Begeisterung für die Wunder unseres Planeten. „Guck mal, Papa", rufen sie, „wir haben den Quallen ein Hallenbad gebaut". Der Vater verlässt seinen Liegeplatz und bewundert die rechteckig ausgehobene Grube. Die Kinder kippen mit ihren Eimern Meerwasser hinein; dazwischen treiben einige der durchsichtigen Gallerttiere, behutsam hineingesetzt wie Fische in ein Aquarium.

Ich mache mir nicht viel aus Kindern, aber hier muss ich doch lächeln, weil mich die Szene als Beobachter rührt, und ich frage mich wehmütig, wie lang es wohl dauern wird, bis jemand den Kindern sagt, dass Quallen das Ungeziefer des Meeres sind, unwürdig eines eigenen Wellnessbereiches. Wie lange es dauert, bis sie aufhören, die Quallen zu mögen. Ich muss nicht lange warten. Ein paar Meter weiter wird eine Qualle von der Schaufel eines anderen Kindes in Stücke gehackt.

Teetied

Es hat zu regnen begonnen. Aber die Tropfen, welche vereinzelt aus einem nur dünn bewölkten Himmel fallen, vermögen gegen die Sommerhitze der vergangenen Tage nichts auszurichten; sie versickern in staubiger Erde, ohne Spuren zu hinterlassen.

Die Insel hätte Regen nötig. Das farbenprächtige Grün der Dünenvegetation vergilbt, die Dünenrosen welken, und auf meinem Balkon sieht es aus wie auf dem Kirchplatz nach einer Hochzeit: Abgefallene Blütenblätter überall, obwohl ich täglich fege und gieße.

Nun aber verdunstet der meiste Regen bereits in der Luft; es herrscht ein Klima wie im Tropenhaus eines meiner so geliebten Botanischen Gärten.

Im Strandkorb, in dem mich der warme Dunst schläfrig wegdämmern lässt, ziehen Gedanken vorbei wie die Wolkenfedern, zwischen denen längst wieder so viel Blau strahlt, als hätte St. Petrus nicht einmal einen Gedanken an Regen verloren. Ich wandere durch das Land in meinem Inneren, und auch hier vermag kein Regen die gespeicherte Wärme erkalten lassen, welche die letzten Wochen brachten. Und mag der Sturm auch die Blütenblätter davon wehen, so schafft er ja doch nur Platz für die Früchte, wie sie jetzt schon die Dünenrosen zeigen, für die Johannisbeeren auf meinem Balkon, für das farbenprächtige Laub milder Herbsttage. Auf dem Dünenfriedhof ragt das Kreuz in sonnenbeschienene Tannengipfel.

Ich denke an die Stürme der vergangenen Jahre, die Kämpfe, die Kälte. Ich denke an den Schmerz und den Kummer, und wie oft die Liebe, oder das, was ich dafür hielt, ursächlich dafür war. Es war Zeit, das Vergangene loszulassen und die Strohfeuer zu ersticken. Denn nun, denke ich, fand ich vielleicht endlich den wahren Schatz unter all dem Tand und Plunder.

Merkwürdig ist nur, denke ich weiter, dass ich, um den Wert der Liebe zu erkennen, erst einmal eine Zeit lang gar niemanden zu lieben lernen musste, zumindest nicht in irgendeiner romantisch-erotisch konnotierten Form.

Und so wanderte ich, befreit von allem destruktiven Begehren, in den letzten Wochen über mein Langeoog und fand, klaren Geistes, … die Liebe.

Sollte sich jetzt das ein oder andere Ohr aufrichten, gespannt auf einen Namen oder zumindest eine präzise Personenbeschreibung lauschend, so muss ich jedoch passen: So einfach ist das nicht.

Und dennoch: Die Düsternis und Depression der letzten Monate ist vorbei, die mich lebenslang quälenden Schlafstörungen, die Ängste, das Wachliegen — aufgelöst in tiefen, erholsamen Schlaf und einen Grund zum Lächeln am Morgen.

Ich finde plötzlich Zeit zum Pflegen von Freundschaften, die

ich so lange vernachlässigte, und all die Zuneigung, die ich bislang immer verzweifelt auf eine Person konzentriert hatte, sprudelt plötzlich so reichlich, dass ich endlich all jene damit bedenken kann, die so treu und nahezu unbemerkt all die Jahre um mich herumprusselten — und die es im Grunde doch viel mehr verdient haben, geliebt zu werden.
Menschen, deren selbstlose und unaufdringliche Zuneigung ich nun endlich auch anzunehmen in der Lage bin.
Ich bin so alt, denke ich. Warum also erst jetzt? Wurde ich wirklich erst so spät erwachsen? Sollte ich mich schämen dafür, oder einfach nur dankbar sein, dass es so ist, dankbar für die Chance, zu erkennen, wem ich wirklich wichtig bin?

Abends liege ich, angenehm müde vom Tage, in meinen blütenweißen Kissen. Ich berge das Gesicht in dem weichen Bettzeug, dem ein Duft aus Inselsommer, selbstgezogenem Lavendel und Weihrauch anhaftet. Letzterer, Marke „Lourdes Gold", den ich mir allabendlich zu verräuchern angewöhnte, beruhigt und weckt zugleich Erinnerungen an Sommerferien in Bayern mit den Eltern, an winzige Kirchlein, in denen es nach eben jenem Weihrauch duftete, nach Kerzen und Hoffnung. Und man konnte die sommererhitzte Stirn an das kühle, weiße Gemäuer lehnen, das schon so viele Jahrhunderte in sich trug und noch immer von den Gläubigen dort gehegt und gepflegt wurde. Ich liebte als Kind all den Barock, die kunstvollen Deckengemälde, die Säulen, Seitenaltäre, die

Blumen und Heiligen. Als Protestant kannte man das ja nicht: So viel Sinnlichkeit in einem Gotteshaus. Bei uns gab es ein nacktes Kreuz, das Taufbecken, unverputzte Backsteine und mit Glück ein Fenster, durch das etwas verwaschenes Licht auf den nicht minder verwaschenen Talar des Predigenden fiel, der meistens langweiliges Zeugs erzählte, und dann hatte man nicht einmal schöne Bilder zum Angucken drumherum. Ich erinnere, wie mich eine katholische Schulfreundin, die Messdienerin war, einmal in ihre Kirche mitnahm, in das Räumchen, in dem all die Gewänder hingen. Ich beneidete sie um ihr hübsches Messdienerkittelchen und den feierlichen Ernst, mit dem sie es zur Messe trug, das blondgelockte Mädchen, 8 oder 9 Jahre alt. Auch das Gewand des Priesters hing da, und ich strich, in einem Anflug zärtlicher Bewunderung, mit der Hand über den golddurchwirkten Stoff und die seidige Stola. Ich erinnere einen Anschiss des Küsters, weil wir da außer der Reihe nichts drin verloren hatten, und so sahen wir zügig zu, dass wir Land gewannen — aber schön war es doch. Und nun atme ich diesen Resthauch „Lourdes Gold" aus meiner Bettwäsche, während mir all das wieder einfällt.

„Jetzt riecht mein Sündenpfuhl hier nach Kirche!" berichtete ich lachend einer Freundin, als ich das Päckchen mit dem Weihrauch — Geschenk eines Freundes — auswickelte, und tatsächlich ist es wohl so zurzeit: Es ist als, hätte mir die Phase des Nicht-Verliebtseins wieder ein Stück Unschuld zurückgegeben und Platz geschaffen für Neues, das, wie die weißen Kirchenmauern, zwar viel Vergangenheit in sich trägt, aber dennoch ein Gefühl reiner und erhabener Heiligkeit mit sich bringt, die Erfrischung von Geist und Seele, den Balsam von Neuanfang und Versöhnung: Auch mit sich selbst.

Natürlich: Irgendwen hat man immer etwas lieber (oder auf andere Weise lieb) als andere. Bei irgendwem schlägt immer der ein oder andere Schmetterling mit dem Flügel, und man bangt, ob er wohl wieder Ruhe gibt oder ob man es sich demnächst erneut antun muss: Das Bangen, das Hoffen, das Leiden; die Detailverliebtheit beim Betrachten des geliebten Gesichts, die mit so viel Blindheit auf anderen Gebieten einhergeht. Dazu die Frage: Zulassen oder verdrängen? „Tell him that the sun and moon rises in his eyes", singen Céline Dion und Barbra Streisand, „Worte zerstören, wo sie nicht hingehören", setzt Daliah Lavi dagegen.

Die Morgensonne fließt mit warmem Kupferschimmer über die Dächer und beleuchtet meine Margeriten, den Lavendel und die Geranien: Zeit fürs Tagwerk.

Das Hufgetrappel der Kutschpferde lässt mich kurz aufsehen, als ich später am Schreibtisch sitze und arbeite. Der Himmel ist jetzt wieder grau; buntgekleidete Touristen schauen nach oben, ängstlich, ob der Urlaub wohl ins Wasser fällt, während erste Regenschlieren von der Plane des Kutschwagens rinnen. Auch ich beschließe, kurz vor die Tür zu gehen. Im

Café ist es voll, dennoch herscht kein hektisches Gewusel; die Gepräche hängen im Raum wie der Sommerdunst über den Dünen: Diffus, wabernd, wahrnehmbar, aber nicht störend. Ein hübscher Kellner, ausgestattet mit einer natürlichen, aber souveränen Sanftheit, die sich nicht lernen lässt, bringt den Ostfriesentee.

Mit der Silberzange nehme ich die dicken, weißen Kluntjes aus der Schale und lausche dem Knistern, als sie im heißen Tee zerspringen. Dann gleitet ein Tropfen Sahne von dem winzigen Silberlöffel in die Tasse, versinkt und steigt kurz darauf wieder als weißes Wölkchen empor und erblüht in zarten Verästelungen auf dem Teespiegel. Man darf das nicht umrühren. Man braucht Geduld. Manche Dinge, denke ich, sind in sich perfekt, auch wenn man das oft nicht sofort überblicken kann. Aber die Geduld lohnt sich, das langsame Herantasten. Rührte man den Tee, so hätte man zwar einen guten Geschmack, aber man erführe nie das volle Spektrum, kostete nie von all den Nuancen, die Tee, Sahne und Kluntjes in sich bergen.

Ungefähr an diesem Punkt, denke ich, bin ich nun mit der Liebe: Das frisch eingelassene Wunder vor mir, das Wulkje erblüht. Alles ist möglich. Dann, der erste Schluck: Von eleganter Leichtigkeit und doch mit einer Ahnung von Bitterkeit, die man eher erinnert als schmeckt, und in die sich mit jedem weiteren Schluck mildernde Süße mischt. Noch weiß man: Das Bittere ist ebenfalls da, aber, ach, wie schön ist es

doch, all das zu vergessen, sich seiner süßen Schwere hinzugeben, seine Wärme in sich aufzunehmen, und mehr will man, so viel mehr … bis plötzlich der Tee, in dessen tiefbrauner Farbe man noch eben von seidigen Wimpern umkränzte Augen wähnte, mit dem letzten Schluck zur Neige geht und den Tassenboden freigibt: Dünnes, weißes Porzellan, zerbrechlich und schnell erkaltend.
Ich lasse mir mit dem Trinken Zeit.

Norderney

Als die Sonne um 5 Uhr morgens über die Deichkrone flutet und die Wolkenränder erglühen lässt, bin ich sofort hellwach. Ein Ausflug steht an, und so sehr man die Insel auch liebt, so schön ist es doch, auch ab und zu etwas herumzukommen. Aber ich entferne mich nicht weit von Langeoog: Norderney heißt das Ziel; die zweitgrößte der Ostfriesische Inseln, welche 1797 zur ersten Königlich-Preußischen Seebadeanstalt an der deutschen Nordseeküste ernannt wurde.
Am Hafen besteige ich die LANGEOOG II, mit knapp 33 Metern Länge eines unserer kleineren Seebäderschiffe. Am Kai gegenüber löscht ein Arbeitsschiff Möbelcontainer der Luxusmarke „Rolf Benz": Die Gentrifizierung hat hat ihre gierigen Ausleger bis Langeoog gestreckt.
Es ist überraschend ruhig auf dem Schiff, keiner der Tagesausflügler an Bord plappert oder quengelt. Die Windrichtung

ist Nordost.

Ich steuere den Kahn nicht, also ist diese Information für mich eigentlich ohne Belang, aber da ich seit Tagen an einer noch nicht ausgestandenen Magen-Darm-Infektion laboriere, könnte sich das Wissen um die Windrichtung, gepaart mit einem Platz nahe der Reling, im worst case durchaus als nützlich erweisen.

Wir legen ab.

An Bord Nachdenken über das Ziel: Der Wikipedia-Eintrag zu Norderney umfasst, ohne Inhalts- und Quellenverzeichnis, 51 Seiten. Meine praktische Erfahrung beschränkt sich auf einen Kurzausflug vor einigen Jahren, in dessen Rahmen ich vor allem die Naturschutzgebiete im fast unbewohnten Ostteil der Insel erkundete. Heute soll es ein Stadtbesuch werden, denn tatsächlich: Auf Norderney befindet sich eine Stadt, welche gleichnamig mit der Insel ist, sich aber nicht über deren ganzes Gebiet erstreckt.

Es riecht nach Diesel und Salzwasser. Wir passieren Baltrum. Dann schält sich das Ostende Norderneys aus dem morgendlichen Dunst, golden beleuchtet von Sonnenstrahlen, die sich aus dichten Cumulus-floccus-Feldern drängen.

Der Kapitän mahnt aufgrund „vermehrter Schiffsbewegungen" zum Sitzenbleiben; zwei Teeniemädchen, die sich der Mahnung widersetzen, kreischen vergnügt, als das Schiff bugabwärts in die Wellen taucht und zu rollen beginnt.

Als braver Passagier bleibe ich sitzen, obwohl ich jetzt auch lieber auf dem Achterdeck stünde, Gischt im Gesicht. Aber so schaue ich nur herab auf die brodelnde See und fühle jede Woge in meinem Herzen. Wie ich dieses Element liebe, denke ich ergriffen, wie ich es liebe. Aller Gefahren zum Trotz: Gibt es denn irgendwetwas Schöneres auf der Welt?

Das Bild eines ehemaligen Marinesoldaten, den ich sehr liebgewonnen habe, legt sich in den Anblick der von silbernem Sonnenfunkeln durchwobenen See. Und ich ertappe mich bei dem Gedanken, dass ich den Mann jetzt gerne bei mir hätte, um diesen Augenblick zu teilen; um ihm zuzuhören, wie er erzählt von der See — mit seiner schönen Stimme, deren weicher, süddeutscher Einschlag zunächst gar keine Seeaffinität vermuten lässt.
Auf dem Foto, das ich von ihm aus Seezeiten im Herzen trage, hat das Meer dieselbe Farbe wie heute. Weiches Sonnenlicht fließt über das Schanzkleid der Fregatte und legt sich sanft auf seine schöne Haut, die vollen, klar gezeichneten Lippen, läuft den Ärmel des blauen Dienstanzugs herab und lässt den Ring an seiner rechten Hand aufgleißen. Ich seufze mit resignierender Wehmut: Es gibt Dinge, die dürften nicht sein.
Der Mann steht lächelnd neben seinen Kameraden; das Schiffchen sitzt akkurat über seinen ebenmäßigen Zügen und er blinzelt ein wenig in die Sonne, der Schatten seidiger Wimpern malt feine Streifen auf sein Gesicht.
Mit einem zweiten wehmütig-resignierenden Seufzen blättere

ich die Seite meines inneren Fotoalbums um, oder, zeitgenössischer: Ich wische.

Und so erzähle ich sie auch heute allein, meine Geschichte vom Meer. Und die See liegt vor mir und lauscht, in ihrer stoischen, uralten Ruhe, ungeachtet all des Sich-Türmens, Tobens, Auseinanderstiebens und Brechens an ihrer Oberfläche. Norderney dehnt sich steuerbords: Bald sind wir da.
Ich nehme einen Bus in die Stadt. Das erste Ziel ist das 1840 fertig gestellte Conversationshaus, das heute die Touristeninformation, Veranstaltungsräume und eine atemberaubend schöne Bibliothek mit passendem Lesesaal beherbergt. Das prachtvolle Gebäude erinnert an altehrwürdige Seebäder und lässt erahnen, warum Norderney auch heute noch als das „St. Moritz des Nordens" gilt und zur Hochblüte der Badekultur viele gekrönte Häupter als Gäste begrüßen konnte.
Auch eine elegante, kleine Café-Bar gehört dazu, wo ich (der Vernunft geschuldet) Kamillentee trinke und (der Unvernunft geschuldet) ein warmes Croissant mit Marmelade esse. Die sich der Unvernunft wegen unvermeidlich einstellende Übelkeit sitze ich in dem eingangs erwähnten Lesesaal aus, gepflegte Sanitäranlagen in Reichweite wissend.
Auf einem Sideboard liegt eine reiche Auswahl an analogen Tageszeitungen aus, dazu gibt es Illustrierte und dunkle Holzregale mit Büchern vom Boden bis zur Decke. Mit seinem großen Kamin, den Ledersesseln, champagnerfarbenen, flo-

ral gemusterten Seidentapeten und der Bronzeskulptur eines Uhus verströmt der Raum das Flair eines englischen Herrenzimmers mit leichter Kolonialnote. Durch die riesigen Bogenfenster fällt der Blick in den gepflegten Park mit seinen Rosen, weißen Sitzbänken und Springbrunnen. Im sonnendurchfluteten Erker steht ein Flügel, ein frisches Bouquet gefüllter, viktorianischer Rosen steht in einer Kristallvase darauf, darüber majestätische Lüster.

Stunden könnte ich hier verbringen, was sag ich: Tage, und einziehen könnte ich eigentlich auch.

Irgendjemand, der das Schild „Tür bitte leise schließen" am Entree nicht verstanden hat, donnert mich aus meinen Träumen von der Privatisierung dieses Gebäudetraktes, in denen ich am Erkerfenster dichte und der Lieblingsmensch dem Flügel musikalische Poesie entlockt.

Auch meinem Vater würde es hier gefallen, denke ich, und es dauert mich einmal mehr, dass die Menschen, die einem am Wichtigsten sind, immer so weit weg sind. Und plötzlich wird mir auch klar, warum ich diesen Lesesaal liebe und mich darin geborgen fühle, als wäre ich darin aufgewachsen: Er riecht nach meinem Vater.

Wenn mich jemand frage würde, welche Gerüche ich mit ihm verbinde, so wären das nämlich zweifelsohne die gedruckte FAZ und Kaffee. Wenn ich früher morgens in die Küche oder ins Wohnzimmer kam, und es roch nach Kaffee und Druckerschwärze, so wusste ich sicher: Papa war hier. Und so riecht es, mit den vielen ausliegenden Zeitungen und den vom Café herüberziehenden Kaffeedüften, auch im Conversationshaus nach Zuhause.

Im Kurpavillon spielt jemand Jazz, und fast sehe ich elegante Damen mit langen Kleidern und Sonnenhüten flanieren, dazu Männer in nicht minder eleganten Dreiteilern mit sonntagsfein gebürsteten Terriern an der Leine. Das dunkle Vibrieren der gezupften Kontrabass-Saiten durchströmt mich wohlig und lässt jede Übelkeit vergessen.

Es wird Zeit für einen Spaziergang. In den Straßen prachtvolle Gründerzeitbauten und Bäderarchitektur; filigrane Geländer, Veranden mit Rosen, Lavendel, Königskerzen; Gußeiserne Nostalgie-Schilder weisen auf Lädchen mit hübschen Dingen.

Natürlich gibt es auch auf Norderney Geschäfte mit dem handelsüblichen Küsten-Kitsch sowie Discounter; es gibt einige Bausünden aus dem Siebzigern am Strand sowie schmucklose Nachkriegsbauten, wo britische, kanadische, französische Bomben Lücken in die Prachtstraßen der Insel und ehemaligen Seefestung gerissen haben.

Auf dem Weg von der Einkaufszone zum Strand passiere ich die Kirche Stella Maris; ein 1931 von Dominikus Böhm im Stil der Neuen Sachlichkeit erbautes Gotteshaus und die größte katholische Kirche in Ostfriesland.

Auch die befestigte Strandpromenade überzeugt mit mondänem, aber nie angeberischen Charme, wie ich ihn bisher nur von Seebädern auf Rügen — namentlich Binz und Sellin — kannte. Es ist ein wunderbares Lebensgefühl: Sommerliche Leichtigkeit.

Der Rückweg führt mich in die Kirche St. Ludgerus, 1884 geweiht. Die neogotische Saalkirche, ein kleiner Backsteinbau, öffnet nach Durchschreiten eines Vorraums mit großem Weihwasserbecken den Blick auf einen Altarraum, der in seinem Purismus unterkühlt wirken könnte, wären da nicht die weich gepolsterte Lederbestuhlung, die blitzende Orgel, die geschmackvollen, großen Blumenarrangements.
In einem kleinen „Raum der Stille" lederbezogene Kniebänke, eine aufgeschlagene Bibel, Weihrauchduft. Eine hölzerne Gottesmutter wacht über den Opferkerzen.
Eine Frau kommt hinein, sie weint. Zuerst denke ich, sie ist nur erkältet, als ich das leise Schniefen vernehme, aber dann sehe ich Tränen in Bächen auf ihren Wangen und ihre zitternde Hand, als sie eine Kerze entzündet.
Eine Träne tropft auf den Handrücken, die Gottesmutter wirft ihren Schatten darauf, das Kind im Arm.
Gib ihr Trost, denke ich, denn mir tut die Frau Leid, aber es gibt ja nichts, das ich, ein Fremder für sie tun könnte, ohne anmaßend zu sein.
Und so entferne ich mich nachdenklich. Meine beiden Kerzen, mit denen ich für diesen wundervollen Tag und all das

Glück der vergangenen Wochen dankte, flackern im Luftzug der Tür, als ich St. Ludgerus verlasse.

Draußen tobt die pure Sommerfreude. Kinder herzen die drei großen Bronzerobben, welche die Fußgängerzone zieren; es duftet nach Waffeln, Liebe und Glück.

Es ist gut, dass es offene Kirchen gibt. Denn wohin, außer zu Gott, sollte man sonst mit seinem Leid an einem Tag, der förmlich überquillt vor Lebensfreude? Seinen Freunden mag man ja auch nicht die Sommerstimmung verderben. In Kirchen indes darf man immer trauern, und auch wenn Maria das Kind in einem Arm trägt: Den anderen hat sie noch frei, und so hoffe ich, dass sich auch für die weinende Frau noch eine Umarmung findet.

Das Wetter ist prachtvoll, und so wandere ich ein zweites Mal Richtung Strand, zur „Marienhöhe". Die Marienhöhe ist eine 11,5 Meter hohe Düne, welche nach Königin Marie von Hannover benannt ist, die gemeinsam mit ihrem Mann, Georg V. von Hannover, zu Lebzeiten hier häufig kurte.

Auch Heinrich Heine dichtete auf Norderney: Ihm zu Ehren ließ die Königin einen Pavillon auf der Dünenkuppe errichten, der 1923 durch den heutigen markanten Rundbau ersetzt wurde, welcher ein Café beherbergt. Am Fuße der Marienhöhe indes geht es gerade wenig poetisch zu: Dort keilen sich Möwen um die Eishörnchen leichtsinniger Touristen.

Heinrich Heine weilte 1825, 1826 und 1827 mehrfach auf

der Insel und verfasste hier seinen Zyklus „Die Nordsee" sowie die Reihe „Seestücke". Heute schaut er als Denkmal, ein Buch in der Hand, gedankenverloren auf das Pflaster vor dem architektonisch nicht allzu reizvollen „Haus der Insel". In seinem Rücken bewegen sich die schönen Blattfächer alter Kastanienbäume im Wind.

Die Zeit vergeht zu schnell auf Norderney, ich muss zurück. Vor der riesigen FRISIA IV wirkt unsere LANGEOOG II wie ein Spielzeugschiffchen. Die Maschinen laufen, der vertraute Dieselgeruch steigt auf, ein Segler gleitet lautlos ins Hafenbecken. Die Mitreisenden sind müde, die meisten dösen. Auch ich falle nach dem Ablegen in kurzen, festen Schlaf; all die schönen Bilder und neuen Eindrücke speichernd.

Es gibt nichts Schöneres, als einen Heimathafen zu haben, sei es ein Ort, ein Mensch oder beides. Ich liebe mein Langeoog und die Menschen, die mir Heimat bedeuten. Aber fast noch schöner als einen Platz zu haben, an dem ich sein darf, finde ich das Gefühl, einen Ort zu haben, an den ich zurückkehren kann. An den ich all meine Eindrücke und Bilder bringen kann, um sie neben die gewachsenen und gehegten Erinnerungen zu stellen und dort ebenfalls kostbare Erinnerung werden zu lassen.

Ich denke an den Lieblingsmenschen und wie sich Geborgenheit und Freiheit in ihm treffen wie die Wolken und das Meer:

Wie wir unsere eigene Schönheit im jeweils anderen spiegeln und die seine in uns festschreiben; Stürmen trotzend, ewig.

Sommerwolken

Es gibt Tage, an denen mag ich sogar die kleinen Kreuzspinnen, welche an meinem Fahrradlenker ihre Netze bauen; die weniger intelligenten bauen die Netze in den Speichen. Noch winzige Vorboten des Herbstes, so wie die in den Gärten reifenden Äpfel und die leuchtend roten Hagebutten, welche nach und nach die Blüten der Heckenrosen ersetzen. Morgens ist Tumult in meinen Staudentöpfen: Spatzen forsten, randalierend in den Blättern, nach ungeernteten Johannisbeeren.
Auch die ersten Starenschwärme sind da; sie ballen sich in der Luft oder zeigen ihr irisierendes Gefieder auf vom Sommerregen satten Feldern.

Am Strand liegt eine alte Holzpalette; ein ärmliches Podest, auf das ich meine Sachen breite, aber heute, mit einer sanft brandenden See vor mir und nichts als dem Himmel über mir, ist es ein Thron.
Müde von einer mehrstündigen Wanderung strecke ich mich aus auf dem sonnenwarmen Holz und blicke in das Blau, auf dem Wolken treiben. Zarte Schleier nur, ab und zu ein kleines

Flöckchen dazwischen; sie lösen sich auf, formieren sich neu, treiben weiter, verschwinden, entstehen. Ich frage mich, wie lange man das ansehen kann, ohne dabei in Trance zu fallen, und es beruhigt mich ebenso wie der regelmäßige Herzschlag des Meeres. Es sind Momente berauschender Vollkommenheit.

Ich erzähle dem Lieblingsmenschen davon, den Satz umschiffend: Ich wünschte, Du wärst hier. Glück wird größer, wenn man es teilt, genau wie Liebe. Das ist keine besonders schlaue Weisheit, aber so ist es. Und ich weiß, dass er denselben Himmel sieht, dort, wo er wohnt, wenn auch mit anderen Wolken. Wir teilen ja immerhin einen Planeten.

Nein, korrigiere ich mich. Wir teilen mehr. Er fühlt das auch. Dann ist sie da, diese diffuse Sehnsucht, und ich weiß nicht, ob es Liebe ist, und wenn ja: welche Art davon. Man sollte ja meinen, in meinem Alter wüsste man irgendwann Bescheid darüber, aber das stimmt nicht, es ist immer wieder neu, es gibt keinen Konstruktionsplan dafür. Aber ich weiß, dass er mich glücklich macht, oder beginnen wir bescheidener: zufrieden. In mir ruhend. Er gibt und ich darf geben. Es liegt kein Nehmen darin, keine Gier. Und ich bete, dass uns das erhalten bleibt, dass die Trivia der Liebe einmal nicht Einzug halten mögen, dass wir verschont bleiben von Misstrauen, Eifersucht, ja sogar von jeder Form übermäßigen physischen Begehrens, denn so, wie es jetzt ist, liegt etwas Heiliges darin;

eine mir bislang unbekannte Form von Reinheit.

Natürlich streift mich gelegentlich der Gedanke, wie er wäre, der Stillstand der Welt in seinen Armen. Wie es wäre, sein schönes Gesicht nicht nur mit Blicken zu berühren. Ich denke an sein jungenhaftes Lächeln, in dem so etwas Bescheidenes, nahezu Beschämtes liegt, das jeden Verdacht der Überheblichkeit von ihm nimmt. Seine Augen sind dunkel, klar und tief wie ein Waldsee, fern jeder Bedrohlichkeit. Kein morastiger Grund, kein undurchsichtiges Wurzelwerk, in dem man sich verfinge; nichts, das einen herabzöge in die Finsternis. Ich mag seinen Intellekt, seine Geduld und seine Güte. Seinen Humor und seine Ehrlichkeit. Ich denke an den Segen dieser sehr langsam, aber kontinuierlich gewachsenen Verbundenheit und dass es vielleicht gerade die Notwendigkeit eines gewissen Maßes an Distanz, an Mäßigung ist, die für uns Zukunft schafft. Alles andere liegt in Gottes Hand.

Ich setze den Weg fort, es wird kühl. Und doch schweige ich darüber, dass mich auf meiner Insel manchmal friert. Da, wo er wohnt, schlägt Regen an die Scheiben. Ich sehe ihn hinter alten Mauern. Mich umschließt das Meer.

Schwalben begleiten meinen Weg auf dem Rad nach Hause. Auch sie sind unaufdringliche Begleiter, schön und frei. Kamille blüht in Ackerfurchen, das Heu ist gemacht. Am Horizont, vor der Silhouette der Windräder auf dem Festland, gleitet ein hellbeleuchtetes Schiff. Es bleibt noch lange hell in diesen Tagen.

Der Sommer ist nicht vorbei.

Wege

Es ist Hochsaison. Tagsüber ist kaum noch ein Pflasterstein zu erkennen vor den Strandaufgängen: Überall Fahrräder, Fahrräder, Fahrräder. Beim Bäcker lange Schlangen bis weit hinaus auf die Straße. In den Supermärkten die Ware aus den Regalen gezerrt, kaum, dass sie verräumt wurde. Die Strandkörbe ausgebucht, die Cafés voll, die Straßen bunt vor Menschen, die Angestellten bleich und müde. Leer sind in diesen Tagen nur noch die Friedhöfe und Kirchen.

Ich bin noch müde am Morgen; dennoch stehe ich auf, wohl wissend um die Kostbarkeit dieser Momente der Stille, des Wartens auf den ersten Möwenschrei, bevor der Lärm der Welt einsetzt. Dem Liebsten widme ich ein paar Worte, in die er sich lehnen kann, wenn ihn schon mein Arm nicht erreicht, und es tut gut, nicht immer allein zu erwachen, auch wenn uns so viele Kilometer trennen: Auch das gibt Kraft für den Tag.

Ein meditativer Strandspaziergang steht an, es soll um biblische Gartengeschichten dabei gehen und das Hineinspüren in sich selbst, in den Garten der Seele, inmitten der erwachenden Natur unserer wunderschönen Insel.

Wir beginnen in der katholischen Kirche, in der sich wesentlich mehr Menschen sammeln, als ich es für möglich gehalten hätte. Mit einer Seelsorgerin und zwei Ordensbrüdern ist die Quote an Theologie-Profis sehr hoch, dennoch herrscht von Anfang an eine einladende, warme und unkomplizierte Atmosphäre, die auch dem interessierten Laien und angehenden Konvertiten, also mir, Geborgenheit vermittelt und Ruhe in sein Herz pflanzt.

In Stille bewegt sich die Gruppe zum Strand, und es ist schön, dass es angesichts all des Lärmen und Tosens um uns tatsächlich noch Menschen gibt, die nicht nur Stille aushalten, sondern auch Momente der Stille schenken können.

Rückschau zu halten werden wir eingeladen: Gerahmt von 7 Bibelstellen, die sich mit Gärten beschäftigen, soll das eigene Leben in 7 Abschnitte unterteilt werden, die wir gehend reflektieren — dabei überlegend, welche „Pflanzen" wir daraus mitnehmen und weiter nähren möchten.

Mich ängstigt dieses Vorhaben ein bisschen, schleppe ich doch, wie vermutlich jeder Mensch, auch eine Menge Vergangenheitsmüll mit mit herum, den ich lieber unangetastet ließe.

Aber: Für einen schönen Garten muss man sich eben auch den Schädlingen und dem Unkraut darin widmen; und den

Ansatz, dabei auf das zu fokussieren, was uns weiterbringt (und immer weiterbrachte), finde ich wunderbar. Denn oft genug bringen ja auch schlichteste Samenkörner wunderschöne Gewächse hervor, und Pflanzen, die man in der Kälte gestorben wähnte, erwachen zu neuem Leben. Warum also sollte das im „Seelengarten" anders sein? Also beginne ich mutig zu harken.

Frühe Kindheit. Was tummelt sich da im Garten? Tiere, die man liebt. Pflanzen, die einen begeistern. Ein Herz voller Zuversicht, Vertrauen, nur das Gute sehen und Gutes erwartend, noch unbehelligt von der Grausamkeit der Welt. Dann: Im Kindergarten dieses Mädchen, das mich immer verprügelte, obwohl ich nichts getan hatte, sondern einfach nur da saß. Bis dahin hatte ich gelernt: Man wird geschlagen, wenn man Böses getan hat. Ich hatte aber nichts Böses getan. Ich saß da. Trotzdem Schläge. Das frischgemalte Bild zerrissen, die Jacke auch. Die Sandburg, in die ich hingebungsvoll Zinnen und Gräben zog, vertieft ins Spiel: Zerstört unter prasselnden Schaufelschlägen, die auch schmerzhaft meine Hände trafen, mein Weinen Benzin im Feuer. Die Kindergärtnerin? „Ja, dann wehr dich doch!"

Gelernte Lektionen: Es gibt geborene Sadistinnen. Es gibt Gleichgültigkeit. Sich-nicht-Wehren ist schlimmer als Schlagen. Und Gott mag Gutes mit Gutem vergelten, Böses mit Bösem: Die Welt tut es nicht.

In der Schule ähnliches Spiel, mein Versagen an der Blockflöte, die Lehrerin, die Musik und katholische Religion unterrichtete, voller Hass. „Kannst du dich nicht wenigstens ordentlich kämmen, wenn du schon sonst nichts kannst?" Wir kamen vom Schwimmen; ein Reißen an den zerzausten Haaren, das böse, flache Vollmondgesicht der Lehrerin über mir mit der Aura und Wärme eines Kreissägenblattes, die verhasste Flöte vor mir. Den katholischen Mädchen steckte sie manchmal Süßigkeiten zu, aber auch nur den hübschen. „Du siehst aus wie ein Engel" sagte sie dann, und drehte die blonden Löckchen der so Verehrten um die Finger der einen Hand, während die andere ein Bonbon in das Engelsmündchen schob. Die anderen bekamen nichts, und ich obendrein eine Drei in Musik, meine bislang mieseste Note.
Gelernte Lektionen: Ein Christenmensch ist nicht zwingend ein guter Mensch. Frauen sind nicht netter, mitfühlender oder mütterlicher als Männer. Wenn man schön ist, wird man geliebt: Und nur dann. Blockflöten sind des Teufels.

So lächerlich das alles heute klingen mag, wenn es von einem erwachsenen Mann kommt: Die Erinnerung daran fällt schwer, dennoch. Was aber nun Gutes daraus mitnehmen, welches Pflänzchen nähren?
Erschien mir die spontane Rückschau zunächst nichts als düster, so sehe ich es plötzlich doch sehr deutlich in der Ecke

des verhassten Klassenzimmers blühen: Es gab etwas, das mir Licht brachte, und lebenslang Licht bleiben sollte. Versagte ich zwar an der Blockflöte, so lernte ich dafür aber schneller Lesen und Schreiben als alle anderen. Bücher wurden meine Freunde, ebenso wie die eigenen Geschichten in meinem Kopf, die ich zu Papier brachte, in Worten oder Bildern.

Der nächste Lebensabschnitt. Die Jugend und das Erwachen erotisch-romantisch konnotierter Liebe. Die erste Begegnung mit einem Schmerz, dessen Brutalität ich nicht einmal am Rande meiner Vorstellungskraft hatte: Liebeskummer. Das Wissen um die eigene Andersartigkeit, wenn auch noch ohne Namen. Das Suchen und Nicht-Finden eines Platzes in dieser Welt, Dunkelheit, Verzweiflung.

Nein — hier schalte ich meine innere Nachttischlampe an, um dieses Monster zu vertreiben: Es war nicht schön.

Ich reiße mich fort aus der Tiefe meiner Erinnerung, zurück an den Strand. Lachmöwen balgen sich um einen Krebs. Algen polstern den Rand des Priels mit grünem Belag. In der Ferne ragt das Leuchtfeuer von Norderney empor.

Was aber nun auch aus dieser Zeit nähren und hegen? Auch hier rankt die Blume der Literatur empor, das Malen dazu, sowie die Aneignung von Wissen — tatsächlich: Ich lernte gern. Nur die Menschen verstand ich nicht, mich eingeschlossen.

Die nächsten Lebensabschnitte: Viele Experimente, viel Irren. Ein bisschen Scham, ein bisschen: Ach, naja. Der Seelengarten gewinnt an Struktur, Beete zeichnen sich ab, Wege. Der Hauptweg plötzlich so klar zu erkennen, als wäre er frisch ausgestreut mit hellen Muscheln. Doch das Tor, was es vor diesem Weg zu überwinden gilt, ist hoch und von Stacheldraht umzäunt. Ich reiße mich blutig daran, mich aufbäumend, dann fallend, aber schließlich: Auf der anderen Seite. Die ersten Meter auf dem neuen Weg bin ich so nackt wie nie zuvor. Jeder sieht es, das Blut, die Narben. Aber ich finde neue Kleidung, die mir passt. Es geht voran. Links und rechts des Weges gewinnen die Stauden an Kraft. Bäume beugen beschützend ihre Kronen über mich, zu hohen Kathedralen wachsend, in denen ich erst mich selbst, und dann Gott wiederfinde. Am Ende der Baumallee öffnet sich der Blick aufs Meer: Ich bin zuhause, endlich.
Gelernte Lektionen: Es lohnt sich doch, das Leben.

Psalm 147 wird gelesen, mir bis dahin — nach jahrzehntelanger Kirchenabstinenz — unbekannt. „ER schafft deinen Grenzen Frieden."
Es ist der schönste Satz, den ich seit Langem hörte.
Genau so ist es, denke ich: Das ist mein Jetzt, mein Glück, meine Heimat. Es herrscht Frieden an den Grenzen. An denen, die ich überwand, aber auch an jenen, die noch da sind.

Sie ängstigen mich nicht mehr. Ein großes Gefühl durchflutet mich mit so ungeahnter Wucht, das ich fast zu Taumeln meine: Dankbarkeit. Liebe. Und sehr viel Zuversicht.
Am Himmel reißen die Wolken auf, Schiffe auf Reede gewinnen an Konturenschärfe. Aber ich taumele nicht, sondern stehe mit beiden Füßen fest im Sand. Eine andere Bibelstelle folgt, in der sich Nordwind und Südwind treffen.

Um uns herum erwacht jetzt der Strand, erste Urlauber kommen, die Surfschule wirft ihre Bretter in den Priel. „Ih, das ist ekliger Dreck hier", schreit ein Kind, „Das ist nicht eklig, das ist nur Schlick!" erwidert der Lehrer, und ich bin dankbar, dass er die Kinder keine Abscheu vor der Schöpfung lehrt.
So ist das vielleicht auch mit den Teilen unseres Lebens, die wir verabscheuen und für die wir uns schämen, denke ich. Man meint: Es ist ekliger Dreck, der einen für immer besudelt, aber in Wirklichkeit kann man das meiste davon abwaschen, sogar nach Jahren noch. Man meint, man stecke fest auf immer und ewig, aber meistens gibt es dann doch Menschen, die einem die Hand reichen; die einem zeigen, wo in all dem Alltagsgestrüpp noch die Blumen zu finden sind, und die einen motivieren, nicht müde zu werden bei der Gartenpflege.
Als wir das Vaterunser beten, erscheinen wir ein wenig wie aus der Zeit gefallen, wie wir dort stehen, die Worte sprechend und ansonsten schweigend, während alles um uns

schon lärmt. Es mag auf Außenstehende farblos wirken; vielleicht sogar trist, dieses Häuflein Pilgernder dort am Strand. Aber der Garten in meinem Inneren blüht in schönsten Farben, und durch die Dächer der Baumkronen fällt Licht.

Vielleicht

Das Wetter ist unschlüssig die Tage.
Am Strand in Schals und Sweatshirts gehüllte Menschen, die untenherum nur Badehosen tragen; in den Strandkörben liegen Wolldecken neben der Sonnenmilch. Im Dorf zerren Windböen an Kleiderbügeln, auf denen maritim gestreifte Urlaubsmode hängt, das metallische Klirren der Bügel mischt sich ins Kampfgeschrei der Möwen auf dem Dachfirst. Der Himmel ist in zwei Streifen zerschnitten: Ein blaues Band markiert den Horizont, darüber ballt sich steingrau das nächste Gewitter, und man weiß nicht, ob der blaue Streifen den grauen trägt oder ob der graue den blauen niederdrückt.
 Dem Monat nach ist es Sommer, aber ich fühle den Herbst. Am Strandüberweg reift der Sanddorn. Auch die Brombeersträucher tragen erste Früchte, nebenan noch späte Blüten. Im Garten würgt eine große Möwe am Kadaver eines Staren, der in der Choreografie des Schwarmes über den Weiden am Deich nun eine Lücke lässt. Ich betrachte all das mit seltsamer Reglosigkeit. Der Sommer geht, aber wie soll man Abschied

nehmen von etwas, das man gar nicht erst hatte?
Sicher: Es waren mitunter schöne Tage, aber es gab keine Phasen andauernder Sommerhitze, es gab keinen Tag, der warm genug gewesen wäre, dass ich in die Nordsee hätte tauchen können, das Zusammenschlagen der Wellen über mir fühlend, den wirbelnden Sand unter mir, um mich herum nichts als grünblaue Unendlichkeit, das Meer: Meine irdische Ewigkeit.
Ich sehe in den Spiegel. Die Bräune der Sonnenstunden verblasst, die Wimpern dagegen sind nahezu weißgeblichen. Auch hier weiß ich: Der Sommer endet, aber noch ist nicht Herbst. Ich bin der einzige, der mir heute in die Augen schaut; an vielen Tagen ist das so, aber ich kann nicht aus dem Fenster sehen und darauf warten, dass jemand, der mich ansehen mag, dort mit dem Koffer steht, mit seinem Leben — die Insel ist weit, ich muss mir selbst genügen.

„Wir sind im Zenit des Sommers, finde ich, es beginnt gerade zu kippen", schreibt der Lieblingsmensch, und mir wird angst, dass er uns beide meint und nicht das Wetter. Es gibt Gründe, sich auf den Herbst zu freuen, auch auf den Winter, wenn im Herzen die Hoffnung auf Frühling keimt. Wenn es Pläne gibt, konkrete Dinge, auf die man sich freut, aber man kann seine Träume nicht ewig am Leben halten, irgendwann verliert auch das schönste Bild seine Farben und der Heiligenschein des einst Verehrten ist nur noch ein Lichtglanz auf einer Regenpfütze, dessen Quelle sich kaum noch eruieren lässt.

Fluch und Segen der Ferne. Wieviele Freundschaften wären schon gestorben, mitunter gar nie entstanden ohne das Internet, das uns so schnell Distanz vergessen lässt? Ich erinnere die Brieffreundschaften meiner Jugend, wo man mitunter eine Woche auf Antwort warten musste und nicht, wie heute, oft nur Minuten, aber dafür hatte man dann etwas Greifbares, das man in eine Schachtel legen konnte; man sah am Schriftbild, wie es dem Freund wirklich ging; manchmal waren Tränen auf dem Papier, manchmal lag ein getrockneter Halm darin, von der Wiese, von der er gerade schrieb.

Und heute? Ich denke an die in unzähligen Mails gewachsene Innigkeit, an all den wunderbaren Austausch. Und dass all das vernichtet werden könnte mit zwei Mausklicks: „Möchtest du diese Unterhaltung wirklich löschen?" — Nein, das möchte ich nicht.

Aber dann fällt das Netz für ein paar Tage aus, so ist das halt auf einer Insel, und man subsummiert, was eigentlich von ihm bleibt: Zwei Postkarten, zwei Bücher, ein Bild, das man ausdruckte. Immerhin.

Dennoch frage ich mich, wie lange das halten kann, diese Zweidimensionalität einer Verbindung. Ist sie nicht irgendwann zu groß, die Sehnsucht nach der Stimme zu all den schönen Worten, nach dem Gesicht, das man lesen möchte, zusätzlich zu seinen Mails? Wie nah kann man jemandem kommen, wenn man ihn nicht fühlt, nicht riecht; nicht sieht, wie und wer er ist im Alltag? Natürlich: Alltag kann auch schnell desillusionieren. Aber irgendwann ist sie zu groß, die Diskrepanz zwischen all den Geheimnissen, die man voneinander kennt, und all den Trivialitäten, die man nie teilte. Dieser Mensch, denke ich, weiß um meine Zweifel, meine Scham und Sünden. Es ist so viel von Wert zwischen uns. Aber ich möchte eines Tages einfach nur stumm an seiner Seite gehen, mit ihm Zeit verbringen, beisammen sitzen, am Meer, im Wald. Ich will ihn schweigend verstehen, ihn für einen Moment wenigstens im Arm halten — ihn, der mir so lange Freund ist — wie könnte ich das denn mit einer E-Mail, einem Blatt Papier? Es ist schön, mit ihm über Lyrik zu schreiben und all das Vergeistigte — aber ich möchte ihn eines Tages auch ganz einfach nur fragen, was er zum Frühstück will. Und ich frage mich: Kann eine Freundschaft oder wie auch immer geartete Verbindung zweier Menschen wirklich sein, wenn es kaum oder keine analogen Erinnerungen gibt, die man teilt?

Es ist besser als nichts, mag man denken, denn man weiß: Hinter seinem Rechner sitzt ja dieser Mensch, er ist warm, er atmet, und nur die Art der Kommunikation ist virtuell, nicht aber seine Seele, nicht sein Vertrauen, nicht die Verbundenheit. Und 900 Kilometer sind nunmal kein Tagesausflug.

Aber es ist schwer, und man hat Angst vor dem Tag, an dem man fühlt: Es kippt, auch wenn man es nicht ausspricht. Sofern man sich nicht wegen irgendeinem Unfug zerstreitet und damit das Ende der Freundschaft ad hoc provoziert wie mit einem Einmarsch auf fremdes Terrain, kann man dann zusehen, wie die Sache langsam ausblutet, die Mails weniger werden, von Besuch keine Rede mehr ist, Vertrauen und Nähe schwinden und man schließlich in den Status von Bekannten wechselt, bis am Ende einer schweigend fort ist oder nur noch Karteileiche auf facebook.

„Sei nicht so weibisch", schimpfe ich mit mir selbst, während ich mich aus diesem Gedankenkreisel herausreiße, „natürlich meint er das Wetter." Diese 30 Ebenen Subtext, das machen Männer doch nicht. Weder als Sender einer Botschaft, noch als deren Empfänger. Oder? Aber, wie eigentlich überall im Leben, bringen einen Stereotype hier nicht weiter.

Vor dem Fenster ist es jetzt wieder blau. Man muss vertrauen, sage ich mir: Darauf, dass es wieder wärmer wird, und sei es erst im nächsten Sommer. Darauf, dass auf einen grau verhangenen Morgen immer noch ein strahlender Tag folgen kann.

Über dem Deich formatiert sich der reduzierte Starenschwarm und verdunkelt mit atemberaubenden, flirrenden Sausen für einen Moment den Himmel. Die Vögel ziehen weiter, aber die meisten von ihnen kommen zurück. Und so sorgt zumindest dieser Abschied nur für ein kurzes, wehmütiges Ziehen im Herzen, das spätestens mit dem Frühjahr vergessen sein wird.

Vertrauen und Loslassen, denke ich, gehören wohl untrennbar zueinander, vermutlich bedingen sie einander sogar. Die Zugvögel finden ihren Weg, solange man sie nicht einsperrt. Sie mögen unterwegs rasten, Halt machen anderswo. Aber irgendwann sind sie wieder hier, das funktioniert seit Jahrmillionen.

Natürlich sind Menschen keine Zugvögel, und unsere Wege kennt nur Gott, ebenso wie die Irrpfade und Sackgassen auf denen wir wandeln und uns zuweilen verrennen. Manchmal müssen wir alleine durch, manchmal bekommen wir liebe Begleiter, und sei es nur für ein Stück des Weges. Es ist wichtig, dass der bange Blick in eine Zukunft, die wir nicht kennen, nicht den Wert des Jetzt schmälert.

Es wird kälter, sagt der Wetterbericht, während ich das Display meines Mobiltelefons vor den plötzlich hervorgebrochenen Sonnenstrahlen abschirme. Auf dem Dünenfriedhof hat jemand die Glocke geschlagen.

Krone

Der Wetterbericht verspricht einen heißen Tag. Nach einer langen Periode des Regens sind die Menschen ausgehungert nach Sonne, und so birst die Insel bereits ab Mittag unter Myriaden an Tagesgästen, zusätzlich zu all jenen Menschen, die einen längeren Urlaub auf Langeoog verbringen.

Wiewohl sich das Laub der Bäume bereits herbstlich zu färben beginnt und kaum noch eine Heckenrosenblüte zwischen all den leuchtend roten Hagebutten dem Lauf der Dinge trotzt, so ist es doch spürbar Hochsaison auf der Insel.

An solchen Tagen findet man nur am frühen Morgen Frieden. Nicht so früh, dass einem die letzten bezechten Teenager am Strand entgegentorkeln, aber früh genug, dass sich der Schwall lärmender Schulklassen erst später die Dünenübergänge hinab und auf den Strand ergießt. In diesem kurzen Zeitfenster ist man allein mit der Schöpfung: Mit dem Rauschen der Brandung, dem Gluckern des Wassers in den Prielen, dem Gezänk der Möwen, dem sehnsüchtigen „Tüü-lüü" der Rotschenkel. Irgendwo schlägt ein Hund an; dazu beruhigendes Gemurmel des Besitzers.

Ich lasse den Blick über die Weite schweifen, Baltrum im Morgendunst. Davor ein Frachter.

Es ist ein Königreich.

Wir sind gekrönt von Gott, hieß es letztens in einer Andacht. Mit unserer Taufe erhielten wir diese Krone, wir mussten sie nicht erarbeiten, nicht erben, nicht mit Kriegen erstreiten, nicht durch Intrigen an uns reißen. Wir waren ihrer würdig, einfach so. Gott traut uns dieses Amt zu, jedem von uns, von Anfang an.

Das ist ein schönes Bild, denke ich. Aber es bringt auch viel

Verantwortung mit sich. Und es birgt Gefahren.

Über diesen Satz nachdenkend, wandere ich den noch menschenleeren Strand entlang. Schlick quillt zwischen meinen nackten Zehen hervor, danach folgt wieder trockener Sand. Ich passiere eine hübsche gestreifte Feder, ein Stück Müll, ein Büschel Algen. Ein Fender, den ein Schiff verloren hat, treibt heimatlos und grau im Priel.

Da, der Müll, denke ich. Passiert nicht genau das, wenn man suggeriert bekommt, man sei die Krone der Schöpfung? Neigt man dadurch nicht zu eben dieser „Nach-uns-die-Sintflut"-Haltung, zu Hochmut und Verschwendungsucht, schmeißt man nicht genau deswegen seinen Abfall in die Botanik, weil man meint, dass das eigene Leben dem von Krebsen, Algen, Möwen überlegen wäre, dass einem der Rest der Schöpfung untertan sei und man folglich darin wüten könne, wie man wolle?

Aber das ist nicht königlich, denke ich weiter, zumindest nicht in meinem Verständnis von Königlichkeit.

Wir mögen diese Krone tragen, aber wir sollten sie mit Würde tragen, um nicht zu sagen: Mit Demut. Gerade, weil sie uns in solch bedingungslosem Vertrauen geschenkt wurde, und die ganze wunderbare Erde dazu, auf der wir leben und die uns nährt.

Ich bin froh, dass mir dieser Satz erst heute zur Reflektion gegeben wurde, wo ich ihn mit einer gewissen Reife (und einem

Maß an Erfahrung im Scheitern) betrachten kann, und nicht etwa in Jahren juveniler Überheblichkeit. Hätte mich früher an der Königlichkeit nicht zuvörderst der Palast geblendet, der Schmuck, die prachtvollen Gewänder?

Dabei liegt der eigentliche Schatz doch in dem, was man zunächst als Nachteil an einem hohen Amt begreifen könnte: In der Verantwortung, in der Fürsorgepflicht. Es ist keine Bürde, sich mit liebevoller Hingabe um das zu kümmern, was einem von Gott anvertraut wurde — Es ist ein Geschenk.

Erneut schweift mein Blick in die Weite, und ich weiß, dass ich diese Welt liebe, endlich zu lieben gelernt habe, nachdem mir das Leben so lange eine Last war — und ich so weit entfernt war von allem: Von der Schöpfung, von mir selbst.

Ich denke an die Zeit von Taufe und Konfirmation zurück und dass ich damals nicht in der Lage war, die mir angebotene Krone zu erkennen, anzunehmen und zu tragen. Ich hätte mich ihrer auch nicht für würdig befunden.

Unter dem Flügelschlag eines sich in die Lüfte erhebenden Seevogels sprüht das Wasser wie fallende Juwelen. Das Licht der Morgensonne lässt die zitternde Wasseroberfläche des Priels aufgleißen.

Rührung überkommt mich: Gott, so weiß ich, hat meine Krone all die Jahre für mich aufgehoben. Bis ich ihren Wert erkannt habe und meinen eigenen dazu.

Aber das tat ich nicht allein. Denn er schickte mir diesen Menschen, der sie mir wiederbeschaffte. Der seine schönen Gewänder raffte und durch den Schlick watete, um sie zu bringen; ohne Furcht, sich auf dem Weg zu mir dreckig zu machen. Der mir die Königlichkeit vorlebte, so, wie ich glaube, dass sie sich unser Schöpfer für uns Menschen gedacht hat: Mit Würde statt Hochmut. Mit der Absicht, Menschen im Glauben zu einen statt zu trennen. Und der mir zeigte, wie Kirche gemeint ist.

Zitternd streckte ich meine Hände aus: Ich würde wieder in die Kirche eintreten, nun aber in die Mutterkirche, die Christus gegründet hat. Ich würde die Krone tragen, und dabei nach bestem Bemühen aufrecht sein in Haltung, Worten und Taten: Denn wie sonst wollte ich verhindern, dass sie erneut herunterfiele? Um mich herum erstrahlt nun der Morgen am Meer in voller Schönheit.

Es ist unmöglich, vier Jahre hier zu leben und nicht wieder an Gott zu glauben, denke ich, tagtäglich umgeben von so viel Pracht, wie sie kein Mensch erschaffen könnte.

Ich weiß nicht, ob ich der Sache dieses Mal gerecht werde, aber ich bin willens, es zu versuchen. Denn dieses Mal, denke ich, weiß ich zumindest eines sicher: Dass ich die uns Menschen als „Untertan" anvertraute Schöpfung von Herzen liebe. Und dass es keine Schande für einen König ist, zu dienen.

Währung

„Wenn Du nichts hast außer Liebe — dann, mein Freund, hast Du die ganze Welt."
Jaques Brel singt das in einem meiner Lieblingschansons, es ist ein tröstlicher Satz, ein wunderbarer Satz in einer Welt, in der man für die meisten Menschen entweder keinerlei Wert besitzt oder nur eine jederzeit streichbare Kostenstelle ist; in der Beziehungen, Freundschaften, Verwandtschaft oft nur schlecht getarnte Bilanzen sind: Was investiere ich, was kommt zurück? Preis-Leistungsverhältnis, überall. Wir haben irgendwo Defizite, schreiben gefühlt oder tatsächlich rote Zahlen? Es wird nicht lange dauern, bis einem irgendeine Krämerseele das aufs Butterbrot schmieren wird. Und dann soll man sich schämen für die Butter, die man noch gegessen hat, obwohl man sie sich eigentlich schon lang nicht mehr hätte leisten dürfen, und schleicht sich wie ein geprügelter Hund zurück in die dunkle Gosse, aus der man irgendwann kroch. Dort schaut einen dann, zwischen vom Regen glitschig gewordenen Pflastersteinen, eine Ratte an, aus schlauen Knopfäuglein, witternd. Siehst du, denke ich, du bist auch intelligent, und hast es trotzdem nie weiter gebracht als bis zur Gosse, vielleicht ist das ja wirklich so: Es gibt ein Schicksal, dem sich nicht entrinnen lässt, und alles andere ist nichts als Illusion.

Vielleicht ist das so. Aber ich glaube daran, dass Gott kein Buchhalter ist. ich glaube daran, dass ER, wenn er irgendwann seine zwei Striche unter unsere Lebensbilanz zieht, mehr darin liest als nackte Zahlen. Gott, denke ich, sieht auch die Mühen, den guten Willen, die Liebe, die Sorge um seine Schöpfung. Protestantische Leistungsethik mag ihre Vorteile haben, irgendwer muss ja die Wirtschaft am Laufen halten, und es ist auch durchaus richtig, dass nur eine fortgeschrittene Zivilisation sich Philosophen und Künstler leisten kann, aber man darf nicht den Punkt verpassen, an dem das Ganze unmenschlich wird; eine Maschinerie, die Menschen nur noch als Verschleißmaterial variablen Wertes erkennt. In der keine Leistung mehr als Leistung gilt, die sich nicht unmittelbar in einer Währung ausdrücken lässt.

Ich mag das Wort „Wertschöpfung" nicht. Ich streiche das „Wert", erfreue mich an der Schöpfung und denke, dass jedes Lebewesen, jeder Mensch, jede Pflanze und jedes Tier es Wert (!) ist, um seiner selbst Willen geliebt zu werden, einfach, weil es da ist.

Nehmen wir beispielsweise unsere Haustiere: Wenn wir ehrlich sind, bringen die Viecher, wirtschaftlich betrachtet, auch nichts: Kosten Geld für Futter und Tierarzt und kotzen uns zum Dank auf den Teppich. Aber, wendet man dann zu Recht ein: Die Freude! Die Liebe! Der dankbare Blick aus treuen, großen, braunen Augen. Ist das nicht Lohns genug? (Ja.)

Ganz Spitzfindige könnten hier natürlich auch Studien auf den Tisch legen, die beweisen, dass Haustiere nachweislich gesundheitsfördernd sind und ergo Krankenkassenkosten senken u.s.w. — aber ich schweife ab. Warum also ist es in der Gesellschaft so schwer, als Mensch zunächst einfach nur um seiner selbst willen etwas Wert zu sein, als Gottes Geschöpf, als ein Mensch, den ER gemacht und gewollt hat, obwohl ER vermutlich von vornherein wusste, dass wir es — aus gesundheitlichen oder sozialen Gründen — nie in eine der Gehaltsklassen schaffen würden, in der sich Menschen selbst stolz als „Leistungselite" bezeichnen?

Natürlich liebt Gott auch den Fleißigen, Trägheit gilt schließlich als eine der Todsünden, aber gilt das nicht auch für den Hochmut, den Stolz? Und greifen letztere nicht da, wo wir jemandem Versagen suggerieren, der wenig Geld heimbringt, während man selbst, dessen Nachbar, Schwester, Bruder bei gleichem Bildungsstand das Doppelte schafft oder zumindest reich geheiratet hat? Am Ende, denke ich, stehen wir alle nackt vor Gott. Und dann wird, so bleibt zu hoffen, mit einem anderem Maß gemessen.

„Herr, sieh nicht auf unsere Sünden, sieh auf unseren guten Willen, auf unseren Glauben", sagt der Priester während der Messe, und ich bin froh, dass ich jetzt katholisch bin und mich mit diesem kalten, lutherischen Effizienzdings nicht mehr gemein machen muss.

Ich will daran glauben, dass Liebe das stärkste Pfund ist, mit dem wir wuchern können — um noch ein wenig in ökonomischen Termini zu bleiben.

Ich will daran glauben, dass wir Hilfe, Verständnis, Nachsicht bekommen können, ohne das dies in irgendein Büchlein eingetragen wird, die Spalte für die Gegenleistung rot markiert. Liebe sollte kein Kuhhandel sein.

Natürlich bedeutet das nicht, dass man sich ausnutzen lassen muss oder groben Undank dulden. Aber man sollte Geduld haben und Vertrauen: Wer die entgegengebrachte Liebe erkennt, würdigt sie auch. Vielleicht nicht sofort, vielleicht nicht in der „Währung", die wir gern hätten. Und möglicherweise kann der Mensch, dem wir Gutes tun, sei es finanziell, emotional, mit Wissen oder praktischer Hilfe — uns auch nichts anderes geben als seinen Dank. Und falls selbst der ausbleibt: Kann es nicht auch einfach einmal reichen, das Leben von jemandem für einen Moment besser oder leichter gemacht zu haben? Ist das nicht auch schon von Wert?

Wenn Du nichts geben kannst außer Liebe: Dann, mein Freund, bekommst Du die ganze Welt.

Atmen

Es regnet seit Tagen. Aber noch immer ist es angenehm warm, sodass ich mich nach dem Duschen kurz im Handtuch auf den Balkon stelle, in der einen Hand einen Becher Kaffee haltend, mit der anderen das Duschtuch im Griff, um keine unfreiwillige Zweitkarriere als Insel-Exhibitionist hinzulegen. Der kühle Regen fühlt sich gut an auf der Haut, und vermutlich jeder Mensch meiner Generation wuchs noch mit dem Spruch auf, dass Regenwasser schön mache — eine Weisheit, die auch all die Horrormeldungen der 80er Jahre über sauren Regen und die ersten Plakate der Grünen über das Waldsterben nicht wegreden konnten.

Und so beobachte ich, während mir der Regen hoffentlich ein paar Jahre vom Gesicht wäscht, vom Balkon aus Passanten. Das Geplapper und übermütige Fahrradklingeln der Urlaubenden ist verstummt; Schweigen herrscht auf den Straßen, ein jeder bemüht, nur rasch von A nach B zu kommen bei dem Sauwetter, verhüllt unter Kapuzen, Friesennerzen und Capés. Näherkommendes Hufgetrappel, die Friedhofsglocke schlägt. Die Zeit der Stille bricht an.

Seit ein paar Tagen gilt für die Fährschiffe der Herbstfahrplan; die Lokalzeitung verliert an Umfang und die Themen werden allgemeiner, da sich vor Ort immer weniger abspielt. Erste Läden machen wieder Mittagspause, Ferienwohnungen werden eilig renoviert, bevor zu den Herbstferien der nächste Besucheransturm losbricht.

Auch mein Tag beginnt jetzt wieder anders: Statt im Hausflur ständig irgendwelchen Leuten zu begegnen und erst einmal eine Armada panzergroßer Kinderwägen von den zugeparkten Briefkästen zerren zu müssen, kann ich nun in Schlafsachen und binnen Sekunden nach der Post sehen. Frühmorgens zerrt mich kein Möbelrücken, kein Kindergeschrei und keine Beziehungskrise auf dem Balkon über mir mehr aus dem Schlaf. Nachts wird man von den Reproduktionsbemühungen fremder Paare verschont, denen man mitunter schon wahlweise Zigaretten (für danach) oder Angebote für Schauspielkurse (der allzu unglaubwürdigen akustischen Performance wegen) vor die Tür legen wollte.

Es ist eine herrliche Zeit zum Durchatmen. Noch zerren die Stürme nachts nicht so sehr am Haus, dass man von dem Rütteln und Heulen nicht schlafen könnte, noch wacht man nachts nicht auf, weil man friert, und noch setzt keine Sturmflut den Fähranleger unter Wasser.

Die Morgen sind mit dem Ende der Saison wunderbar ereignislos, und im Arbeitszimmer ist kein Geräusch zu hören außer dem Klappern der Tastatur und dem heimeligen Schnorcheln der Kaffeemaschine — ein Geräusch, das mir fast so vertraut und lieb ist wie der Atem des Herzensmenschen an einem dieser stillen Tage. Der Lärm der Welt hat Pause.

Die nassen Straßen riechen schon jetzt nach Herbst; in dem sich verfärbenden Laub der Heckenrosen haben sich die Kreuzspinnen in ihren Netzen zu veritabler Größe gefressen. Am Strand transportiert ein Elektrokarren tropfende Strandkörbe ab: Das Ende des Sommers ist unaufhaltsam eingeläutet und ich sehe dem Karren einerseits erleichtert, andererseits etwas wehmütig hinterher, denn natürlich wäre auch ich gern öfter baden gegangen oder hätte am Strand gelegen, was nun erst im nächsten Sommer der Fall sein kann — aber ich freue mich auf den Herbst. Ich liebe es, wie sehr man auf dieser Insel Teil der Natur wird und wie verlässlich der Lauf der Jahreszeiten das Bild Langeoogs verwandelt. Jährlich weder beeindruckt mich der Farbenrausch des Herbstes und der Winter, welcher die Insel zum Teil unter Frost erstarren lässt, sie mit seinen Stürmen und Fluten aber auch neu zu sortieren scheint und an ihrer Form feilt.

Im neuen Jahr bin ich ein halbes Jahrzehnt auf Langeoog. Mein Namensschild an der Tür habe ich, nachdem ich es bislang immer nur improvisierte, endlich fest angeschraubt.

Reise

Es ist wundervoll, Zeit zu haben. Ganz gleich, wie gerne man seinen Beruf ausübt: Der Mensch braucht auch Tage, in denen er ohne jeden Plan termin- und sorglos vor sich hinleben kann, vulgo: Der Mensch braucht Urlaub.

Seit drei Tagen befinde ich mich in diesem seligen Zustand und es ist wunderbar. Wie schön ist es, wenn man einmal die Griffel fallen lassen kann ohne dräuende Existenzangst, sie nach einiger Zeit nicht wieder aufnehmen zu dürfen — und wie schön ist es, ein Jahr, das so bescheiden anfing, so großartig zuende gehen zu sehen; hinzukommend fürs neue Jahr geplante Ereignisse, auf die man sich jetzt schon freut. Es ist gut, Zeit zu haben: Zum Innehalten, Rückschau halten, Zu-sich-Kommen, Lieben, Danken.

„Verreist Du nicht?", werde ich von Menschen gefragt, denen ich vom Urlaub erzähle, oder gleich „Wohin geht es?" Nun-ja: ich bleibe daheim. Es sind einige Dinge am Haus zu tun, dazu ist ein Ehrenamt vorzubereiten, eine monetäre Frage ist es auch, und überdies gebe ich zu: Ich möchte einfach nicht. Lebe ich schließlich nicht an einem schönen Ort, der für so viele andere Menschen das ersehnte Reiseziel ist? Muss man da fliehen? Und dann: Die CO^2-Bilanz! Dürfte ich noch darüber wettern, wenn ich selbst zig Flüge auf dem Kerbholz hätte?

Andererseits denke ich, dass man unbedingt verreisen sollte. Freiherr Alexander von Humboldt wird der Satz zugeschrieben: „Die gefährlichste aller Weltanschauungen ist die der Leute, welche die Welt nie angeschaut haben", und dem ist wohl nichts hinzufügen. Dass ich die Welt anschaute, ist lange her; meine weiteste Reise in den letzten fünf Jahren führte nach Flensburg. Dennoch tat auch diese sehr gut, so, wie mir jeder Ausflug aufs Festland gut tut, auf jede Nachbarinsel. Von Baltrum aus betrachtet, sieht Langeoog halt doch noch ein bisschen anders aus, und wieder anders von Bensersiel. Man braucht nicht weit zu fahren für einen Perspektivwechsel — wichtig ist wohl nur, dass man offen für einen solchen bleibt. Es gibt Leute, die von den Urlaubsfotos ihrer Bekanntschaften auf facebook genervt sind, aber ich freue mich in der Regel darüber, weil ich so „herumkomme" ohne selbst dafür tätig werden zu müssen.

Auch der Lieblingsmensch ist zurzeit auf Reisen und sendet Bilder von nebelumflorten Flusstälern, altehrwürdigen Schlössern, hohen Baumkathedralen mit regenschweren Dächern, Kirchenfenstern in spektakulären Farben. Ich bade mein Herz in diesen schönen Ansichten und bin gern auf diese Weise bei ihm; dennoch freue ich mich auch darüber, ihn wieder sicher in seiner Wohnung zu wissen, birgt doch jede Reise ein Risiko des Nichtwiederkehrens. Sicher: Sterben kann man auch zuhause, mag man da einwenden, aber irgendwie ist das doch etwas anderes, wenn auch nicht minder furchtbar.

Derweil mache ich den Balkon herbstfein. Ich knipse die übrig gebliebenen Geranienblüten ab und drapiere sie in einer Vase, bevor ich die letzten Zeuginnen des vergangenen Sommers aus den Blumenkästen schäle und sie dem Komposthaufen hinter dem Haus übereigne. „Magst du lieber rote oder rosafarbene Geranien" hatte ich den Liebsten noch gefragt, bevor ich sie kaufte, und er wählte die roten, also pflanzte ich diese. Das ist wohl ein bisschen seltsam, wo der Mann doch so weit weg wohnt und die Geranien daher kaum zu Gesicht bekommt, aber ich wollte einfach, dass es auch seine Blumen sind, so wie man wohl insgesamt einfach mehr zum Teilen bereit ist, wenn man jemanden gern hat. Liebe mag miese Eigenschaften in einem hervorbringen, namentlich Dinge wie Eifersucht oder Territorialansprüche, aber *summa summarum* macht sie wohl doch ein bisschen weniger selbstsüchtig. Ehrlich gesagt, ist das auch der Teil, der mir am Single-Dasein am Schwersten fällt: Dass man quasi zum Egoismus gezwungen ist. Natürlich genießt man es einerseits, im teuren Hotelzimmer das ganze Bett und alle Handtücher für sich allein zu haben, die Heizung und die Champagnerflasche dann aufdrehen zu können, wenn einem persönlich danach ist — aber zugleich gibt es eben auch niemanden, mit dem man den Champagner oder auch nur die Erinnerung daran teilen kann. Und dann grämt man sich anderntags wegen des Katers (wahlweise der Verschwendung, wenn man den schal gewordenen Ruinart-Rest in den Siphon schüttet) und weil niemand verschlafen lächelt neben einem oder in der Dusche vor sich hinplätschert, während man sich nochmal umdreht; in leiser Vorfreude darauf, den noch feuchtwarmen, duftenden *Significant Other* alsbald wieder in die Arme zu schließen. Unumwunden muss ich zugeben: Auch die Zahl der Neurosen wächst mit den Jahren des Alleinlebens; umso schwieriger wird es dann, jemanden zu finden, dessen Neurosen mit den eigenen kompatibel sind oder diese sogar sinnvoll ergänzen.

Einen solchen Jemanden schickt der Himmel.

Nun aber, bevor der Frühling Einzug halten kann, weichen die Geranien zunächst einer Ansammlung frostharter Gewächse: Noch ist ein Winter zu überstehen, und nur Gott weiß, was uns währenddessen erwartet. Erika und Astern werden sturmfest eingegraben, jetzt noch umgeben vom Feuer der Herbstfarben in den Hecken und Bäumen ringsherum. Schon bald aber wird Weihnachtsdeko dazwischen glitzern und dann vielleicht eine dünne Schicht Schneekristalle über meinen Pflanzen liegen. Ich werde die letzte Sonnenwärme des Jahres im Rattansessel auf dem Balkon genießen oder, mit einer Schale Tee in den Händen, vom Fenster aus zusehen, wie der Regen ihre Blüten biegt und die Blätter sattgrün lackiert.

Ich werde mich auf den Frühling freuen, aber keine Eile damit haben. Heute weiß ich um die wärmende Kraft von Gebeten und Worten und um das Beständige im Wandel. Ich weiß, dass man offenen Herzens und guten Willens sehr weit kommen kann; man kann reisen und neue Welten entdecken, ohne dafür auch nur vor die Tür treten zu müssen. Ich glaube wieder an die Liebe, das Gute und Ewige, und ich weiß jetzt um die Fülle in der Genügsamkeit. Ich glaube: Es ist ein gutes Jahr.

Autor

Mayk Dorian Opiolla, Diplom-Regionalwissenschaftler, geboren 1976 in Velbert/NRW, verdingte sich als Bibliothekar, Buchhändler, Übersetzer, Werbetexter und Ghostwriter in Köln, München, Nanjing und Berlin, bevor er sich zum Prosaschreiben in eigener Sache auf der ostfriesischen Insel Langeoog niederließ.
Auf www.gefluegelmitworten.wordpress.com betreibt er ein Blog, auf dem sich neben der Kurzgeschichtenreihe „Momentaufnahmen" auch Zeichnungen und Lyrik finden. Ein illustrierter Gedichtband ist in Planung.

Ebenfalls von Mayk D. Opiolla erhältlich:

Momentaufnahmen Berlin — Langoog
Band 1 (2014)
Paperback, 132 S.
ISBN 978-3-7347-3780-0
EUR 6,95

Momentaufnahmen Berlin — Langeoog
Band 2 (2015)
Paperback, 108 S.
ISBN 978-3-7386-4530-9
EUR 6,95

Momentaufnahmen 3
Berlin — Langeoog (2016)
Paperback, 220 S.
ISBN 978-3-8391-3521-1
EUR 10,95